Variation, 2008, Oil on canvas, 259.1x193.9cm

우리가 떠나온 아침과 저녁

우리가 떠나온 아침과 저녁

지은이 한수산
펴낸이 임상진
펴낸곳 (주)넥서스

초판1쇄 인쇄 2021년 3월 15일
초판1쇄 발행 2021년 3월 20일

출판신고 1992년 4월 3일 제311-2002-2호
10880 경기도 파주시 지목로 5
Tel (02)330-5500 Fax (02)330-5555

ISBN 979-11-91209-78-5 03810

www.nexusbook.com

우리가
떠나온
아침과 저녁

한수산 지음

&

사랑했기에 알게 된 것들

내가 아는 모든 것은 그것을 사랑했기 때문에 안다.

톨스토이의『전쟁과 평화』에 나오는 이 말이 그때 왜 불현듯 떠올랐는지 모르겠다. 블라디보스토크에서 시베리아 횡단열차를 탔을 때의 일이었다. 열차 안에서 10박 11일을 머무는 동안, 나는 내내 창밖을 바라보며 그 길을 갔다. 소실점을 이루며 끝이 보이지 않게 뻗어나간 전선주를 따라 마치 오선지 위의 음표처럼 앉아 있던 새들은 열차가 지나가면 새카맣게 날아올랐다. 황금빛으로 물들어가는 자작나무 숲이 차창 밖으로 몇 시간씩 변함없이 이어져 마치 한 폭의 풍경화가 걸린 듯했던 대륙의 시간이었다. 그때 마음속을 가로질러간 말이었다. 내가 아는 모든 것은 그것을 사랑했기에 알게 된 것들인가.

늙어갈수록 서글퍼지는 일 가운데 하나는 자신이 소중하게 생각하며 지켜온 것을 보호하기가 점점 힘들어진다는 것이다. 결코 짓밟혀서는 안 되는 인간으로서의 자존, 끝내 이루어질 수 없음을 알면서도 끊임없이 찾아 헤맸던 자유, 힘없는 한 사람으로서나마 그 속에서 살고 싶은 정의로운 사회 그리고 함께하는 가족까지도, 결코 물러설 수 없었던 그 모든 가치를 지켜내기 힘들어지는 것이다.

회오의 나날이 깊어간다. 늙음이 주는 슬픔이고 살아낸 지난 날이 주는 형벌의 하나인지도 모르겠다.

내 곁에서 가족을 이루며 함께 지낸 이들에 관한 글을 한두 편씩 모아놓은 것도 그런 마음에서였다. 어린 시절을 지켜주고 다독이며 보살펴주셨던 은사들과의 추억을 모아놓은 것도 마찬가지 이유였다. 이제는 이런 글을 써도 좋은 나이가 되지 않았는가. 그런 마음으로 적어나간 글들이었기에 그리움도 아픔이 된다.

젊은 시절 꿈으로 간직했던 공간들이 있었다. 감동을 함께했던 이름들이 있었기에 그곳을 그리워했고 찾아가 보고 싶었다. 이 그리움들이 그곳에서 산, 한 사람의 삶을 넘어 내 삶의 규범 혹은 존재의 준칙이 되어준 것은 얼마나 다행스런 일이었던가. 폴 고갱과 테너시 윌리엄스 그들의 삶이 묻어 있을 키웨스트

(Key West)와 히바오아(Hiva Oa)는 여전히 미완의 순례지로 남아 있다. 그러나 '이제 그곳에 찾아간들 무엇을 어쩌겠는가', 생각하는 나이, 바로 그 자리에 오늘의 내가 와 있지 않은가.

레티치아 수녀님도 어느덧 아흔의 나이를 맞으셨다. 백두산 천지를 내려다보며 가톨릭 세례를 받던 자리에서부터 오늘까지 내 영혼의 언저리에 서 계신 분이다. 흩어져 있는 작은 글이나마 이삭줍기처럼 모아 여기 싣고 있음을 용서하실까, 모르겠다.

난삽한 글을 거둬 책으로 엮어주신 출판사와 편집부의 여러분, 그림의 게재를 허락해주신 오수환 화백. 내 삶의 이웃이었다는 그것만으로 실명이 오르내려야 하는 모든 분들에게도 용서를 구하며 감사의 마음을 바친다.

언제 다시 이런 글을 쓸 수 있으랴. 기억에도 없이 잊어버렸던 편지들을 꺼내 읽듯이, 마음의 다락방 한 곳을 열었다가 다시 닫는 마음이 이럴까 싶다. 그런 마음으로 여기 모아놓은 글들을 바라보는 오늘, 밖에는 또 하루가 꽃처럼 지고 있다.

2021년 봄에
한수산

차례

1

내가 아는 모든 것은
그것을 사랑했기 때문에 안다

어제 꿈꾸던 세 곳으로의 여행

- 키웨스트(Key West) 히바오아(Hiva Oa) 그리고······

내 마음 저 깊은 곳에, 언젠가는 찾아가리라 약속한 세 곳이 있다. 넉넉한 마음으로 세상을 바라보며 늙어갈 언제쯤 그곳엘 가리라, 꿈꾸듯 생각한 곳이었다.

가없는 공간을 보고 싶어서 리비아 사막을 찾아갔고 광활한 대지를 보고 싶어서 시베리아 횡단열차에도 올랐다. 가우디를 좋아했기에 그를 찾아 바르셀로나로 향했고 젊은 날 열광했던 체 게바라와 어니스트 헤밍웨이의 작품 때문에 쿠바로 가는 여행도 했다. 그러나 나에게는 '언젠가'라는 미래완료형으로 남아 있는 여행이 있다.

내 사라져간, 내 청춘을 위해서 바치는 진혼곡이라고 이름 붙인 여행이었다. 그렇게 떠나고 싶던 여행이기에 생각하는 것만으로도 늘 그립고 안타깝고 애절한 곳이었다. 내 청춘의 궁핍했던 시간들을 위해 바치는 작고도 작은 배려라고 생각하면서도 어쩐지 나는 그 세 곳으로 떠나는 여행의 첫발을 떼지 못하고 지금, 이 나이까지 왔다.

유럽여행은 나에게 있어 늘 상처였다. 찾아간 곳에서는 슬펐고, 여행에서 돌아와서는 오래된 상처의 후유증처럼 남았다. 생애 첫 해외여행으로 찾아갔던 프랑스에서부터 그랬다. 파리와 그 근교에서 일주일을 보내고 난 어느 아침 나는 호텔 로비에 앉아 서울에 두고 온 가족에게 편지를 쓰며 울었다. 파리에서 나를 뒤흔든 건 그 무엇도 아닌 거리의 창문이었다. 저마다 다른 집에서 다른 창문을 가지고 살아갈 수도 있다는 것을 나는 처음으로 파리에서 보았다. 저마다 다른 창문을 갖고 살아갈 때 그 안에서 살아가는 사람들은 또 얼마나 다른 삶을 살 것인가.

그때의 충격은 얼마나 오래 상처가 되어 남았던가. 그 상처가 얼마나 깊었으면 그 후 십여 년 만에 다시 파리에 갔을 때 나는 아무 데도 가지 않고 이틀 동안 친척집에 머물며 잠만 잤다. 그리고 마지막 날 퐁피두 현대미술관 거리로 나가 에디트 피아프 전곡 CD와 크리스토퍼 에셴바흐가 연주하는 모차르트 CD 몇 장을 사서 돌아온 게 전부였다. 전에 없던 패스트푸드 프랜차이즈가 여기저기 보였다. 파리도 별수 없구나 생각하며 무심히 맥도날드 간판을 바라보았다. 생각해보면, 마지막으로 유럽에 갔을 때가 언제인지 모르겠다. 그때가 오로지 가우디의 작품만을 보기 위해 혼자 떠돌았던 바르셀로나였던가.

유럽에 다녀온 사람들은 남몰래 간직한 비밀처럼 속삭이곤 했다.

"아, 너무 좋았어요. 다시 가고 싶어요."

그러면 나는 대답하곤 했다.

"난 유럽에 가면 슬퍼요. 그래서 안 가요."

이 말은, 하느님을 믿게 되어서 너무 좋다는, 너무 행복하다는 가톨릭 신자들에게 내가 하는 말과 닮아 있다.

나는 그분들을 만날 때마다 혼자 생각하곤 한다. 그런가. 난 차라리 하느님을 안 만났으면 좋았을걸, 하는 때가 더 많지 않은가. 하느님을 만났기에 행복하기보다는 괴로울 때가 더 많고, 혼란스러울 때가 더 많지 않았던가. 하느님을 알게 되면서 얻게 된 평화 그 고요함을 모르지 않는다. 그 잠깐잠깐의 평화, 그 고요함을 나는 두 손으로 퍼 올리듯 사랑한다. 그러나 하느님을 만나서 더 평화로운가 스스로에게 물을 때마다 여전히 고개를 가로젓고 있는 나를 본다. 어떤 괴로움 혹은 혼란 속에서라도 기도할 수 있다는 것, 그것만으로도 하느님을 만나서, 이처럼 믿게 되어서 좋았다고 생각하면서도 그렇다. 내 믿음은 그렇게 물 위의 풀잎처럼 늘 일렁거린다.

적절한 비유라고는 생각하지 않지만 나에게 유럽은 초라한 내 신앙과 그렇게 닮아 있다. 유럽은 가서 바라보면 슬프고, 다녀오면 그 상처가 보랏빛 멍이 되어 남기에.

그 후 내게 '이곳만은' 하며 꿈꾸었던 몇 곳이 있었다. '넉넉한 마음으로 세상을 바라보며 늙어갈 언제쯤'이라는 단서를 붙이면서 '때가 되면 찾아가리라' 하고 생각하던 공간이었다. 그 가운데서도 비가 내리면 쑤시는 무슨 후유증처럼 나를 괴롭힌 꿈들이었다. 미켈란젤로의 조각이 있는 이탈리아의 피렌체, 테너시 윌리엄스가 살았던 미국 플로리다의 키웨스트 그리고 화가 폴 고갱이 묻힌 히바오아섬의 갈보리 묘지가 그곳이다.

언제부터였는지 정확한 기억은 없다. 그 세 곳을, 이 땅 위에서 그 세 곳만은 꼭 가고 싶다는 생각을 품고 살았다. 언젠가는 그곳에 꼭 가리라. 그곳을 그리워하고, 떠남과 만남을 꿈꾸며 살았다.

미국 플로리다주의 키웨스트가 있다. 한때 소설가 헤밍웨이가 세 번째 결혼한 부인과 함께 살며 그곳에서 스페인 내전을 소재로 한 장편소설 『누구를 위하여 종은 울리나』를 썼다. 발가락이 여러 개인 변종 고양이가 사는 집으로도 유명한 그곳은 지금도 관광지가 되어 많은 여행객들이 드나든다.

그러나 내가 키웨스트를 그리워한 것은 극작가 테너시 윌리엄스가 한때 머물러 살았던 곳이라는 그 이유 때문이었다. 스무 살 무렵 대학 시절부터 그의 희곡을 얼마나 좋아했던가. 테너시 윌리엄스는 『유리 동물원』 이후 극작가로서 생애 첫 성공을 맞았지만 오히려 글을 쓸 수 없어 괴로워했다. 그런 그가 키웨스트의 지저분한 포구를 거닐고 거기 틀어박혀서 훗날 『욕망이라는 이름의 전차』의 초고를 썼던 곳이라는 이유 때문에 '언젠가는 가리라' 약속하며 그리움을 포개왔던 것이다.

그때의 그 자취가 남아 있을 리 없고 지금은 여행객이 들끓는 곳이 되었음을 알면서도, 내가 사랑했던 극작가를 그리워하며 그 포구를 밤 깊도록 걷고 싶었다. 이미 그가 살았던 때의 그 거리, 그 부두는 아니어도 그곳을 찾아가는 내 가슴에서는 그의 작품 『유리 동물원』이 거기 있었고 『욕망이라는 이름의 전차』도 거기 있었다.

테너시 윌리엄스는 동성애자였다. 알코올 중독으로 8년을 암흑 속에 뒤엉키기도 하며 성소수자의 생애를 살아야 했던 불행한 작가였다. 그러나 그는 내 청춘으로 와서 가장 밝고 햇살 가득한 위안이 되지 않았던가. 키웨스트의 부두를 걸으면 『유리 동물원』에서 '더 잃어버릴 것이 없으니 나는 아무것도 두렵지 않아요'라는 로라의 대사와 『욕망이라는 이름의 전차』에서 '나는 늘 누군가의 친절에 어깨를 기대고 살았답니다' 하는 블랑시의 대사가 가슴을 가로지르지 않을까.

고갱을 이야기하면서 우리는 흔히 타히티 군도를 떠올린다. 그러나 그가 숨을 거둔 곳은 타히티에서도 멀리 떨어진 히바오아섬이었다. 바로 그곳이 화가 폴 고갱의 무덤이 있는 섬이었다.

'돌아오라고, 예술의 중심인 파리를 버리고 당신은 그곳에서 무엇을 하고 있느냐'고 질책하는 아내의 편지에 고갱은 장엄한 회신을 보낸다. '예술의 중심은 파리가 아니요. 예술의 중심은 바로 나요.'

그런 자존감으로 유럽을 거부하며 남태평양이 간직한 원시적이고 순수한 삶을 살았던 고갱은 히바오아에서 고난 가득했던 삶을 마감한다. 그가 죽기 일주일 전에 마지막으로 한 일은 마을 사람들의 민원을 돕기 위해 증언을 하러 재판에 나간 것이었다.

지금 그곳에는 고갱을 추억할 그 무엇도 없다. 제대로 된 기념관도 살았다고 하는 집도 남아 있지 않다. 다만 고향으로 돌아가지 못한 채 그는 히바오아섬의 갈보리 묘지에 묻혀 있을 뿐이다. 어느 외국인의 여행기에서 돌담으로 둘러쳐진 그의 무덤가에 치자꽃이 만발해 있었다는 글을 읽은 후부터 나는 그곳이 가고 싶어 눈물이 차올랐다. 치자꽃 화분을 사다 서재에 놓고 지냈던 것도 그 무렵이었다.

지난겨울 호주에 방문할 일이 있었을 때, 항공편에서 숙소까지 구체적으로 고갱의 무덤을 찾아가는 계획을 세울 생각이 있었다. 히바오아로 가는 교통편은 옆 나라 뉴질랜드에서 시작한다고 알고 있었기 때문이다.

그러나 나는 호주에 도착한 그날부터 일주일을 앓고 말았다. 여행계획을 세우기는커녕 시드니의 오페라 하우스마저 열에 들뜬 몸으로 차 안에서 바라본 것이 전부였다. 40도를 오르내리는 신열에 시달리며 방 안에 쑤셔 박혀 일주일을 보내면서 히바오아섬을 찾아가는 계획은 조각조각 날아갈 수밖에 없었다. 예정된 일정을 포기한 채 돌아오는 길이었다. 경유지 도쿄의 공항을 빠져나오자니, 언제 아팠냐는 듯이 몸의 열이 내려가 있었다. 고갱의 무덤을 찾아가기에는 아직 때가 아닌가 보다, 씁쓸하게 생각했다.

오래 가슴속에 묻어놓고 이따금 꺼내서 매만져온 장소들이기에 이미 다녀온 것 같은 그곳 히바오아섬과 갈보리 묘지, 이제는 종이를 꺼내놓고 그려볼 정도로 그 바닷가와 그 거리가 낯설지 않다. 갈보리 묘지를 찾아가 그의 묘석에 포도주 한 병을 부어주고 싶다. 그리고 오래 바다를 내려다보며 무덤가에 주저앉아 찾아오는 황혼을 바라보고 싶다. 그리고 묻고 싶다. '그대여, 여기서 행복했던가', 묻고 싶다.

그렇게 가슴에 묻어두고 지낸 세 번째 여행지가 이탈리아에 있었다. 미켈란젤로의 작품만을 보러 떠나는 이탈리아로의 여행이었다. 로마도 바티칸도 아니었다. 오페라 〈잔니 스키키〉의 '오 사랑하는 나의 아버지'가 흐르고 단테가 창작의 근원이 된 연인 베아트리체를 처음 만났다는 베키오 다리도 아니었다. 미켈란젤로의 작품이 있기에 바티칸이었고 그의 무덤이 있기에 피렌체였다. 성 베드로 대성당의 피에타만이 아니다. 두오모 박물관에 있다는 미켈란젤로의 〈반디니의 피에타〉를 보기 위해 피렌체로 가야 했다. 미켈란젤로가 스물다섯의 나이에 완성했다는 작품과 그 후 54년이 흐른 후에 만든 피에타는 어떻게 다르며 어떻게 나를 눈물짓게 할 것인지 만나고 싶었기 때문이다.

그곳 로렌초 성당에 있다는 메디치 가문의 묘, 줄리아노와 로렌초의 무덤을 장식한 조각 또한 어찌 빼놓을 수 있으랴. 남녀 한 쌍으로 된 조각 '낮과 밤', 그리고 '여명과 황혼' 그 네 개의 조각 작품을 미술 전집에서 처음 만난 건 고등학교 1학년 때였다. 비 내리는 토요일이었다. 도서관 개가열람실에서 미술 전집을 뒤적이다가 만난 그 처절한 아름다움. 그것은 하나의 눈뜸이었다. 인간의 손길이 만들었다고는 생각할 수 없는 이토록 완벽한 아름다움을 만들고 간 사람이 이 인류 가운데 있었다니. 그리고 마지막으로 미켈란젤로의 무덤을 찾아가리라. 천문학자 갈릴레오도 작곡가 로시니도 함께 묻혀 있다는 산타 크로체 성당이다.

다시 유럽을 가리라고는 생각지도 않았는데, 이제 그 여행을 떠나려 한다. 미켈란젤로를 찾아가겠다던 꿈이 열매가 되어 툭, 떨어진 여행이다. 미켈란젤로의 피에타를 바라보고, 그의 무덤 앞에 서서, '기다리고 기다렸으나 이렇게도 늦게 찾아온 죽음'이라고 노래한 그를 생각하리라던 꿈, 젊은 날에 꿈꾸었던 세 개의 여행 가운데 한 계단을 오르려고 한다. 다만 혼자가 아니다. 아내와 함께 딸의 안내를 받으며 떠난다.

아직도 나는 꿈꾸지 않는가. 고갱의 무덤가에 핀다는 치자꽃 향기를 그리워하고, 블랑시가 미쳐서 정신병원으로 실려 갔던 그 키웨스트의 너절한 거리를 걷고 싶고, 미켈란젤로의 조각 앞에 서고 싶다.

리처드 링클레이터 감독의 영화 〈보이후드〉(Boyhood)가 있다. 2002년에서 2014년까지 한 소년이 겪는 가족의 변화와 성

장을 그린 영화다. 그 영화의 마지막 대사를 이따금 떠올리곤
한다.

고단했던 삶을 살아온 어머니가 이제 홀로서기를 위해 집을
나가는 아들을 떠나보내며 탄식처럼 던지는 말은 '나에게 이제
남은 건 내 장례식밖에 없구나'라는 한마디였다.

그런 어머니를 보면서 아들이 중얼거린다.

"엄마는 왜 40년을 앞당기고 그러세요."

엄마는 앞으로 40년은 더 살 거라는 그 아들을 향해, 아니 자
기 자신을 향해, 아니 고단했던 지난날의 삶을 향해 어머니는 소
리친다.

"난 뭐가 더 있을 줄 알았다!"

남은 인생에 뭐가 더 있을 줄 알았다는 그 한마디, 그건 내가
요즈음 생각하곤 하는 말이 아닌가. 아침에 눈을 떠 새가 지저귀
는 창밖을 내다보면서, 저녁에 잠자리에 들며 이 방, 저 방의 불
을 끄면서 그 생각을 하지 않는가. 내일 아니면 내후년에는 뭔가
달라지고 뭔가가 더 있을 줄 알고 살아오지 않았던가. 스무 살의
청춘에는 마흔의 중년에는 그리고 노년이 되면 뭐가 더 있을 줄
알지 않았던가.

이 세 곳은 나에게 무엇인가. 무슨 공통점이 있는가. 내 청춘
을, 무엇인가에 늘 간절히 원했던 내 모든 가난을, 그 궁핍했던

시절을 따스하게 위무하고 보듬어주었던 이름들이다. 그렇기에, 그 모든 것 또한 다 살아버린 시간이기에 이따금 혼자 혼란스러워한다. 이 모든 것이 한낮 꿈으로 남아도 좋지 않을까 하고.

산타 크로체 성당의 미켈란젤로의 무덤 앞에 서서, 나 또한 그 어머니처럼 말하지는 않을까. '오, 미켈란젤로 선생. 선생은 어떠셨나요? 난 말이지요. 이 인생에 뭔가가 더 있을 줄 알았다오. 그랬다오.'

추억이라는 이름의 전차

젊은 날의 어느 한때, 마음의 저 깊은 곳에서 실뿌리가 얽히듯이 존경과 사랑으로 함께했던 작가가 있었다. 이제 와 생각해보면 얼마나 치기 어린 결정인가. 그의 문학을 원문으로 읽고 이해하고 싶다는 단순하기 짝이 없는 이유 때문에 대학 시절, 전공을 영문학으로 바꾸기도 했으니. 그가 바로 미국의 극작가 테너시 윌리엄스였다.

어린 시절 주머니칼로 나무에 이름을 새기듯 젊은 날의 표피에 새겨 넣었던 이름 테너시 윌리엄스, 그렇게 모든 것이 그로 향했던 향일성. 그로부터 모든 것이 연유했던 어떤 정서의 원류로서 테너시 윌리엄스는 내 젊은 날에 서 있었다. 그리고 세월의 비바람이 쓸고 지나간 나이가 되어 흰 머리카락을 흩날리며 어느 날 그를 다시 만났다.

뉴욕에 도착한 것은 늦은 밤이었다. 다음 날, 나는 로비에 꽂혀 있는 공연 안내 리플릿들을 잡히는 대로 한 움큼 집어 들고 아침을 먹으러 식당으로 향했다. 혼자 투숙을 해서 혼자 묵는 방과 혼자서 하는 해외여행 길에 혼자 먹는 아침 식사는 적당한 쓸쓸함과 적당한 자유 그리고 해방감이 흐느적거렸다.

아침을 먹으며 갈 만한 박물관이나 미술관을 찾고 있는 내 눈길이 화살처럼 떨리며 날아가 꽂힌 곳, 공연 안내지 프레이빌(Playbill)은 테너시 윌리엄스의 『유리 동물원』(The Glass Menagerie)이 브로드웨이에서 공연되고 있음을 알리고 있었다. 출연자도 놀라웠다. 오스카상에 빛나는 여배우 제시카 랭이 어머니 역 아만다를 연기하지 않는가. 〈우편배달부는 벨을 두 번 울린다〉, 〈올 댓 재즈〉의 여배우 제시카 랭을 연극 무대에서 만날 수 있다니. 그것도 『유리 동물원』에서.

어떤 전율 같은 것이 등줄기를 타고 흘러내렸다. 나는 마음속으로 소리치고 있었다. 여행길에서 테너시 윌리엄스의 연극을 볼 수 있다니 이건 우연이 아니라 내 생의 기적이다.

무엇을 서성이랴. 표를 구하기 위해 극장으로 향하는 내 가슴에서 그의 글을 읽었던 젊은 날이 불을 지피듯 되살아나고 있었다. 그리고 사흘 후, 나는 베리모어 극장 좌석에서 소년처럼 가슴을 두근거리며 공연을 기다리고 있었다.

미국 남부 출신으로 세인트루이스에서 젊은 날을 보낸 윌리엄스는 시정 가득한 작품으로 몰락하는 남부의 정서를 그려내면서 유진 오닐의 뒤를 잇는 미국을 대표하는 극작가가 되었다. 특히 그의 출세작 『유리 동물원』은 자신이 한때 일했던 뉴올리언스의 제화회사 직공 시절의 체험이 녹아들어 있다. 연극을 이끌어가는 여주인공의 오빠 톰도 구두공장 직공이다. 그만큼 자전적이 요소가 짙은 작품이다.

대학 시절 나는 『유리 동물원』 속의 한 줄, 한 줄의 대사를 시처럼 읽었고, 외웠다.

오래전에 아버지는 우리를 버리고 집을 나갔습니다. 바람처럼 훌쩍 이 거리를 떠나버렸습니다…… 아버지한테서 마지막 소식을 들은 건 멕시코 태평양 연안에서 보낸 그림엽서였지요. 단 두 마디의 인사말이 들어 있었습니다. '잘 있냐? 잘 있어라!' 물론 주소도 써 있지 않았습니다.

전 구두상자의 뚜껑에다 시를 썼다고 해고당하고 말았습니다. 그래서 세인트루이스를 떠났습니다. 비상구 계단을 마지막으로 밟고 내려가 아버지의 발자국을 뒤따랐습니다. 잃어버린 공간을 행동으로 되찾기 위해서였죠. 전 바람따라 이곳저곳을 떠돌아다녔습니다. 도시란 도시는 낙엽처럼 내 곁을 스쳐갔습니다. 밝은 빛깔이지만 나뭇가지에서 흩날리는 잎새처럼 말입니다. 번개가 이 세상을 밝혀주니까. 누이야, 이제 촛불을 꺼. 그럼 안녕히.

행운은 극장의 좌석으로 이어졌다. 내 자리는 타원형으로 휘어진 무대 앞 첫 줄, 왼쪽 끝자리였다. 그 자리는 무대와 3미터쯤 떨어져 있었다. 더군다나 무대 끝자락인 바로 내 앞에는 의자 하나가 놓여 있었다. 의자에 앉아 있는 여배우의 매니큐어 색깔까지 보이는 가까운 자리였다. 그 의자에 앉거나 서서 딸은 흐느꼈고 아들은 소리쳤다. 격렬하게 반항하는 아들을 보며 어머니는 울었다. 그 의자 앞에 서서 아만다 역을 맡은 제시카 랭이 흘리는 눈물을 보았다. 무대 위의 배우가 흘리는 눈물을, 두 볼 위에서 조명을 받아 반짝이며 흘러내리는 눈물을 보았을 때, 그 감동에 나는 가슴이 저렸다.

공연이 끝났지만 호텔로 돌아가지 못하고 극장 밖에서 서성거렸다. 그리고 끝내는 줄을 서서 기다렸다가 분장을 지우고 극장을 나서는 제시카 랭에게 사인을 받았다. 그녀는 슬리퍼 모양의 샌들, 헐렁한 티셔츠와 면바지에 사선으로 멘 조그만 숄더백이 전부였다. 대배우는 그렇게 소박하고 당당했다. 길을 막고 늘어서 있던 팬들에게 사인을 하면서 그녀는 어디서 왔는지를 묻곤 했다. 내 앞사람은 아르헨티나에서 온 노부부였다.

그녀는 내가 내미는 플레이빌에 사인을 하며 '고마워요'라고 말했고 나는 '정말 감사합니다'라고 말했다. 그것이 그녀와 나눈 전부였지만. 그녀가 표지에 사인을 한 플레이빌을 받고, 34번가의 숙소까지 뉴욕의 밤거리를 걸으면서도 나는 내내 황홀했다.

존경했던 작가, 아니 사랑했던 작가를 갖는다는 의미는 이런 것인가 싶었다. 뉴욕의 밤거리를 걸으면서 나는 그 순간만은 세상살이의 모든 것을 향해 고개를 끄덕이며 긍정했다.

테너시 윌리엄스가 『욕망이라는 이름의 전차』를 무대에 올리면서 쓴 글에는, 그 무렵 얼마나 고통스럽게 자신의 창작세계를 이어갔는지를 보여주는 고백이 있다.

『유리 동물원』의 성공은 그의 일상을 하루아침에 바꾸어놓았다. 뉴욕에서 보내는 그의 하룻밤 호텔비는 얼마 전 내가 키웨스트에서 보내던 시절의 한 달 생활비였다. 매일 밤 파티가 이어졌고, 성공을 축하한다는 인사말 속에 하루가 저물고 아침이면 술이 취해 비틀거리며 깨어나야 했다. 그러나 그 성공의 은성함 속에서 그는 글을 쓸 수가 없었다. 더 이상 글이 써지지가 않았다. 허위의 장막이 너울거리는 하루하루, 그의 안에서 무엇인가가 소리 없이 부패하고 있었다. 어느 날 그는 그 생활을 뒤로하고 키 웨스트의 옛 생활로 돌아갔다. 더럽고 가난하고 단순한 그곳으로. 그리고 거기서 매일 포커를 치며 밤을 보내는 쓰레기 같은 인간상을 그린 『포커의 밤』이라는 작품 초고를 완성한다. 이 연극이 이름을 바꿔 무대 위에 오른 것이 『욕망이라는 이름의 전차』였다.

그 무렵 그가 겪어야 했던 고절과 영광 그리고 도피를 그는 상실(lost)이라고 말했다. 자신의 가슴속에서 무엇인가가 썩어가고 있던 뉴욕에서의 나날, 침대에서 눈을 뜨는 아침마다 자신의 손목시계는 '상실. 상실. 상실.' 하며 재깍거리고 있다고.

극작가가 되려던 꿈을 나는 어느 날에 버렸다. 톰이 시 쓰기를 버리고 밤거리를 떠돌았듯이 나 또한 연극과는 먼 거리를 헤매며 떠돌았다. 내가 대학 시절에 꿈꾸었던 삶은 소설가가 아니었다. 다만 그 시절의 연극계가 너무나 열악했기에 나는 일찍이 그 꿈을 거두었을 뿐이다. 서울에 있는 유일한 연극 공연장이 명동에 있던 국립극장이었다. '둥' 하고 징이 울리며 막이 오르던 그 시절의 국립극장. 거기서 젊디젊었던 연극배우 박근형, 신구, 김성원 그리고 김금지를 보았다. 오태석의 연극을 만난 건 그 후 남산에 드라마센터가 문을 열고 나서였다.

관객이 객석의 앞에서 다섯 줄 정도를 겨우 채우던, 당시 연극계는 춥고 썰렁하기 그지없었다. A석 관람권을 끊을 필요도 없었다. 가장 싼 2층 구석에 앉아 있다가 징이 '둥' 하고 울리면 아래로 내려가 비어 있는 A석에 앉으면 되었다. 이 연극판에 내 청춘을 던져 넣을 만한 용기가 나에게는 없다는 것을 나는 공연 때마다 그 객석에 앉아 확인했으리라. 그러나 그 시절의 꿈이 있었기에 오늘 나를 이토록 행복하게 하지 않는가.

여전히 불빛 가득한 뉴욕의 밤거리를 걸어 호텔로 돌아가며 나는 소리 없이 내 젊은 날을 향해 따스하게 손을 내밀었다. 추억도 세월의 햇살 속에서 익어가는구나. 영문학자 오화섭의 번역으로 읽던 『유리 동물원』이여. 흘러가버린 젊은 날이여. 꿈꾸었던 것들은 이루어진 것이 초라하지만, 그러나 오늘 내게 이런 순간을 가져다준 그 시절의 네가 고맙구나. 눈물겹구나.

그가 키웨스트에서 쓴 『욕망이라는 이름의 전차』에는 또 다른 미국 남부의 여인 블랑시가 등장한다. 그녀는 사라져버린 한때, 지나간 옛 시절에 갇혀 사는 특이한 여성이었다.

씻지 않은 포도를 먹고 죽고 싶은 여자, 타는 듯한 햇빛 속에서 첫사랑 애인의 눈빛처럼 푸른 바다 속으로 사라지고 싶었던 여자, 블랑시는 그런 여자였다. 나는 지금까지도 기억한다. 그 대사들을.

이제 남은 평생은 바다에서 지낼 테야. 죽을 때도 바다에서 죽겠어. 내가 어떻게 죽는지 알겠니? 바다 위에서 어느 날 씻지 않은 포도를 먹고 죽는 거야. 죽을 때, 어떤 잘생긴 의사에게 손을 맡기고. 조그만 금빛 수염이 있고 커다란 은시계를 가진 의사한테 손을 잡히고 죽을 테야.

내가 죽으면 사람들은 이렇게 말하겠지. '불쌍한 부인, 씻지 않은 포도가 부인의 영혼을 천당으로 보내버렸소'라고. 그리고 나는 새하얀 주머니 속에 꽉 봉해져서 수장(水葬)될 테야. 한낮에 배 위에서 떨어뜨려져 타는 듯한 여름 햇빛 속에서 내 첫사랑의 애인의 눈처럼 푸른 바다 속으로 사라질 테야.

사라져가는 남부의 문화적 전통을 고수하며 스스로를 고립시키고, 욕정을 이기지 못하며 타락하는 이 여인에게는 비참한 현실과 고아한 환상이 교차한다. 여교사 시절에 저지른 생도와의 불륜, 낙태 경험, 여전히 환상으로 만들어낸 옛 애인을 품고 살면서 가방 가득 쓰레기 같은 옛 재산 서류를 넣어 가지고 욕망이라는 이름의 전차를 타고 동생을 찾아오는 여인이 블랑시였다.

동성애자로 알코올 중독으로 어쩌면 블랑시 같은 삶을 살았을지도 모르는, 내가 사랑하는 극작가 테너시 윌리엄스. 오늘도 세계의 어딘가에서 그가 키웨스트에서 쓴 『욕망이라는 이름의 전차』가 막이 오른다.

밤이 깊어가는 뉴욕 거리를 바라보며 서 있었다. 내 손목시계는 또 얼마나 많은 아침에 '상실. 상실. 상실.' 하며 재깍거려야 할까. 정신병원으로 끌려가면서 블랑시가 하는 마지막 대사가 떠올랐다.

당신이 누구신지는 몰라도, 저는 언제나 모르는 분의 친절에 기대어 살아왔어요.

강물을 맞이하는 시간

- 서재 영하당(迎河堂) 이야기

직장이 없이, 글을 쓰며 살았다. 가족과 함께 하는 집이 일상 생활의 터전이라면 거실에서 문을 열고 들어간 서재가 직장이었다. 그 후 아이들이 자라고 책이나 자료가 늘어나면서 집을 떠나 밖에 서재를 마련하고 이곳저곳 옮겨 다녔다.

서재란 삶의 연륜이 쌓이면서 나와 함께 살아낸 책과 자료 그리고 글을 쓰며 손때 묻은 물건들이 스스로 제자리를 찾은 공간이면 된다는 생각이었다. 거기에, 그때 하고 있을 일의 흔적이 왕성하게 남아 있어 얼마쯤은 어지럽혀 있어도 좋을 그런 방, 다른 사람이 보기에는 정신없이 어지러워도 내게는 질서정연하게 가라앉아 있는, 그런 서재가 아름다울 수 있다면 내 서재는 그랬으면 좋겠다는 생각으로 살았다.

그러던 어느 해, 이제는 안 되겠다 싶은 한계가 왔다. 넘쳐나는 자료들 때문에 한 칸의 방이나 한 칸의 사무실로는 턱없이 부족한 공간 때문이었다. 그렇게 해서, 서울을 떠나기로 하고 자리를 잡은 곳이 이포대교가 멀리 바라보이는 남한강 옆의 산기슭이었다. 요즈음은 4대강 사업의 시발점이었던 이포보가 밤마다 불을 밝히고 서 있는 곳이다.

일본의 작가 엔도 슈사쿠는 넓은 서재를 애써 피하며 살았다고 한다. 아주 조그마한 방. 책상 하나의 작은 방을 집 밖에 따로 마련하고 거길 가서 글을 썼던 것으로 알고 있다. 작은 방이어야 '마치 어머니의 태내에 있을 때처럼' 폭 감싸이듯 마음의 안정을 찾게 된다는 것이었다.

그러나 내가 필요로 하는 서재는 작은 방일 수가 없었다. 가지고 있는 책과 자료를 넣을 공간을 위해서는 어쩔 수 없이 필요한 넓이가 있어야 했다. 정림건축에 근무한 적이 있는 누군가가 설계했다는 집을 내가 쓸 서재와 서고에 맞게 뜯어고치고 자리를 잡았을 때, 그것은 한 칸의 서재가 아니라 작업장 혹은 공방이라고나 해야 할 집이 되어 있었다. 그리고 생각지도 못했던 일들이 찾아왔다. 그때야 비로소 알 수 있었다. 나는 얼마나 오래 햇살과 소리를 잊고 살았던가.

눈부시게 방으로 쏟아져 들어오는 것은 아침 햇살만이 아니었다. 이어폰이 필요 없이 볼륨을 마음껏 올려서 들을 수 있는 음악이 찾아왔다. 봄이면 소쩍새 울음소리에 가슴이 저렸다. 깊은 밤 아직 짝을 찾지 못해서 우는 소쩍새의 울음소리가 얼마나 애절한지를 그때 알았다. 가슴을 푸른 칼끝이 길게 긋고 지나가는 것만 같던 그 새소리를.

서재를 마련하고 첫 손님으로 초대한 분이 내과의 홍기석 박사와 화가 오수환 부부였다. 그때 말했었다. '여길 와서야 내가 뭘 잃어버리고 살았는지 알게 되었답니다. 햇빛과 새소리를 회복했구나 그런 생각을 하자면 행복합니다.'

집 이름을 영하당(迎河堂)이라고 붙였다. 강물을 맞이한다는 뜻이다. 고요하게 흘러오는 남한강을 바라보며 젊은 날 경복궁의 서쪽 문 영추문(迎秋門)이라는 이름에 감탄했던 기억을 떠올리며 붙인 이름이었다. 오수환 화백이 써준 글씨로 집 이름을 나무로 깎아 편액도 달았다.

작은 마당에 함지박 하나를 묻어놓고 연못 아닌 연못을 만들었더니 이른 봄이면 청개구리 한 마리가 찾아왔다. 자작나무로 집을 둘러치고 새끼손가락만 한 매화 한 그루도 서재 창 밖에 심었다. 그 나무들이 내 키가 넘게 자라 오르더니, 이제는 태풍이라도 와서 넘어지면 어쩌나, 집을 위협할 정도가 되었다.

5부작 장편소설 『까마귀』를 거기서 썼다. 배수의 진을 치듯 강의하던 대학을 휴직까지 하면서.

마을버스가 하루 세 번, 집 앞을 지나가는 곳, 쓸쓸하다고 생각할 정도로 한적하던 이곳에 하나둘 집이 들어서기 시작했다.

강릉에 갔을 때였다. 초당두부를 판다는 순두부집을 찾아갔다가, 작가 신봉승 선생의 집으로 들어가는 골목길에 마을청년회에서 세운 팻말을 보았다. '이곳은 신봉승 선생님이 집필을 하는 서재가 있는 곳입니다. 조용히 운전해주십시오.' 그런 내용이었다. 참 교양 있는 동네로구나 감격할 수밖에 없었다. 얼마나 부러웠던가. 국가에서 그 작곡가의 집 위로는 비행기도 날지 못하게 한 나라가 있었는데 강릉이 그 유럽의 국가만큼 교양을 간직하고 있구나 싶었다.

그러나 내 서재가 있는 골짜기는 유럽도 아니었고 강릉도 아니었다. 옆에 비어 있던 땅에 집이 들어서기 시작했다. 중장비가 들어와 공사를 시작하자 봄이 와도 먼 산의 뻐꾸기 소리는커녕 새소리조차 들리지 않았다. 공사는 다음 해에도 그다음 해에도 이어지며 집들이 하나둘 늘어났다. 그런 봄이면 소쩍새는 오지 않고…… 그 가슴 저리게 한밤을 가로지르던 울음소리도 없이 봄날이 갔다. 중장비 소리로 뒤덮인 골짜기는 그렇게 죽은 골짜기가 되었다.

거기 뒷북을 치며 달려온 것이 4대강 공사였다. 악마처럼 중장비들이 들어서서 강 한가운데 무슨 소식처럼 떠 있던 길쭉한 모래섬까지 퍼내고, 풀밭을 걷어낸 강변이 돌과 시멘트로 발라지며 자전거 길이 뚫렸다. 주말이면 얼굴을 테러범처럼 스카프로 감싼 기이한 차림의 사람들로 자전거가 우회하는 집 앞은 북새통이 되었다.

'한강이 죽은 강이냐 아니냐를 저는 이렇게 봅니다. 사람이 가지 않으면 한강은 죽은 강이지요. 사람이 찾을 때에야 한강은 비로소 살아 있는 강이 되는 게 아닐까요.' 언젠가 한강을 주제로 한 토론회에서 내가 말했듯이, 그 골짜기에 여전히 차가 다니고 자전거의 행렬이 이어진다 해도 내게는 죽은 골짜기가 되었던 것이다.

새들조차 떠나고 오지 않는 곳에서 사람은 그래도 살아야 하는가, 나 또한 소쩍새가 오지 않는 그곳을 가지 않고 봄을 보냈다. 그리곤, 아예 한 달에 한두 번 창문을 열어 환기를 시키러 찾아갈 뿐, 서재를 버려둔 채 몇 년을 살았다. 그러는 사이 현관 앞에 모셔두었던 성모상을 누군가가 훔쳐가는 일까지 벌어졌다. 거기서 썼던 『까마귀』를 일여 년 동안 『군함도』라는 이름으로 다시 쓴 곳이 그 서재 영하당이 아니라 서울의 오피스텔이었다.

세월은 간다. 그리고 그 세월에는 느리고 천천히 제자리로 돌아가는 자연의 회복력이라는 놀라움이 담긴다. 골짜기에 들어설 만큼 집들이 들어섰는가, 몇 년이 지나자 공사 차량의 굉음이 멎었다. 자전거 애호가들의 극성도 예전 같지 않아졌다. 그리고 어느 날 찾아든 것이 새소리였다. 새들은 뜰의 나무에 집을 짓기도 했고 저무는 어스름이면 무리 지어 강변 하늘을 날기도 했다. 1년이면 두어 마리의 새가 유리창에 부딪쳐 죽기도 했다. 그 녀석들을 묻어주며 중얼거렸다. 너도 무슨 자살폭탄테러를 하나. 그건 중동의 이슬람 극단주의자들이나 하는 거야.

이 겨울이 가고 난 어느 늦은 봄, 소쩍새는 그 애끓는 목소리로 짝을 찾으며 한밤 내 울어댈까. 소쩍새여, 네가 돌아오면 나도 돌아가 거기 있으리라. 영하당을 비워둔 그사이 옷깃을 파고드는 찬바람처럼 어느새 나도 이만큼 늙어 있구나.

그것을 사랑했기에

– 작가의 책상

　내가 글을 쓰는 공간인데 '이것만은 제대로 투자를 해야겠다'라는 단서를 달면서 개인택시 한 대 값의 책상을 마련했다는 후배 소설가가 있었다. 개인택시 한 대가 얼마나 하는지는 모르지만 일단 거액인 것 같기에 그때 나는 '잘했다'는 말로 격려를 했었다. 후배는 그 책상이 참 사랑스럽고도, 자랑스러워 어쩔 줄 모르겠다는 얼굴이었다. 풋풋한 얼굴로 그런 이야기를 들려주던 후배가 이제는 나이와 관록이 붙어 한결 더 너그러운 얼굴로 '김유정문학촌' 촌장님이 되었다. 소설가 이순원 형이다.

　오래전 장편소설 『부초』를 쓰던 시절 나는 책상이 없었다. 초

등학교 교실에나 놓여 있을 법한 조그마한 책상이 하나 있었지
만 거기에는 책을 치쌓아놓고 있었기에 글쓰기 전용의 '이렇다
할 책상'이 없었다. 작가로 데뷔해서 3년째가 되던 해라, 여차하
면 배를 깔고 방바닥에 엎드려서라도 밤을 새워 원고를 써댈 패
기가 울퉁불퉁 이두박근처럼 터져 나올 판인데, 책상 따위가 문
제냐 하던 시절이었다.

　장기간 서커스단의 취재를 끝내고, 작품의 초고를 여름 석 달
안에 끝내기로 계획을 세웠을 때였다. 글 쓸 책상을 하나 사야 하
지 않을까. 그런 생각을 하던 차에 물건 하나가 내 눈길을 끌어당
겼다. 그야말로 꽂혔다고 할까.

　그 무렵 아내는 명동 국립극장 앞에 있던 작은 백화점 안의
양품점 매장을 정리하고 명동성당으로 오르는 언덕길에 자신만
의 옷가게를 차렸다. 당시 '청년 문화'라는 이름으로 젊은이들의
상징으로 불렸던 트렌드가 통기타, 생맥주, 청바지였다. 아내의
가게는 이 가운데 하나로 흔히 말하던 '청바지와 셔츠 맞춤집'이
었다.

　그때 이 가게의 내부 수리를 하면서 쓸모없어진 유리 진열장
하나가, '내가 왜 여기 있어야 해요?' 하는 얼굴로 집 현관에 쭈그
리고 앉아 자리를 차지하고 있었다. 버리기에는 좀 아깝고 마땅
히 갈 곳도 없어서 놓아둔 철제 유리 진열장이었다.

작품 쓰기에 들어가면서 책상을 사야 하나, 말아야 하나 뒤척이던 어느 날, 이 거추장스러운 진열장을 가만히 바라보고 있었다. 바닥 넓이는 앞에 앉아 글쓰기에 적당했다. 윗면과 앞면의 유리를 제거하면 'ㄷ'자 모양이 남는데 양쪽을 유리가 차단해주니 거기 노트와 필기구를 놓고 뒤편으로는 자료를 조르르 꽂는다면…… 특이한 디자인의 앉은뱅이책상이 되지 않을까. 한나절의 주물럭거림과 똑딱거림을 끝낸 결과는 화려한 변신, 단아한 좌식 책상의 탄생이었다. 아내가 물건을 놓았던 진열장 바닥을 그대로 두었기에 책상 바닥에는 푸른 인조 비로드까지 깔린 책상이었다.

다음 날부터 작품 쓰기에 들어가기로 하면서 스무 권의 대학노트를 준비하고 스물네 자루의 연필을 정성 들여 깎아놓았다. 때는 막 6월이 시작되고 있었다.

저녁 무렵, 기찻길 같던 교수님의 마당과 다를 바 없이 기찻길처럼 좁고 긴, 집 앞 골목길을 내다보면서 『부초』 집필 전용 앉은뱅이책상을 가만히 손바닥으로 쓸어보고 있었다. 휘슬이 울리기를 기다리는 그라운드의 운동선수처럼 중얼거렸었다.

'같이 잘 해보자. 해내는 거다.'

여름을 뚫고 나가는 글쓰기가 이어졌다. 대학노트의 오른쪽

면에만 연필로 글을 쓰고 왼쪽 면은 고칠 때 옮겨 쓰기 위해서 남겨두는 나만의 글쓰기 방법이었다. 글을 쓰노라면, 한여름이라 팔에서 흘러내린 땀이 노트 아랫 부분을 눅눅하게 적셔놓고 있어서 그곳에는 연필심이 잘 먹히지 않았다. 노트 아랫 부분이 마르기를 기다리는 시간, 그때가 다시 연필을 깎으며 쉬는 시간이었다.

먹고 자고 쓰고, 하루 12시간에서 16시간의 글쓰기를 이어갔다. 가장 힘든 것이 더위였다. 때는 7월에서 8월로 넘어가고 있었다. 그때 글쓰기에 가장 편안한 옷이 잠옷이었다. 찾아오는 이도 없이 틀어박혀서 지내는 하루하루에 잠옷만 한 게 없었다. 한낮이 되면 땀이 흘러 잠옷 종아리 부분이 축축하게 젖으며 감겨들었다. 아무 생각 없이 가위를 찾아 잠옷 아랫 부분을 숭덩숭덩 잘라버렸다. 그렇게 잘라낸 반바지, 말 그대로 반잠옷을 입고 났을 때 쓰고 있던 소설은 대학노트 열 권을 넘기고 있었다.

연필로 대학노트에 쓴 초고가 끝났을 때는 가을이 되고 있었다. 저녁 무렵이었다. 마침표를 찍은 원고에 '끝'과 날짜를 꾹꾹 힘주어 눌러쓰고 집을 나섰다. 아이들이 먹던 기다란 얼음과자 하나를 사 물고 한강 풀밭을 거닐었다. 강 건너 잠실 쪽에서는 5단지 고층 아파트 건물이 올라가고 있었다. 내 몸에는 뼈와 가죽만 남은 것 같았고, 비 온 후의 어느 봄날 아침처럼 내 키가 움쑥 자란 것 같았다. 내 영혼의 키가.

평생 글을 쓰며 살아왔다. 그게 밭이었고 논이었다. 그랬으면서도 이상하게도 글을 쓰는 책상에는 크게 마음을 기울이지 않고 살아왔다. 서재라는 방이 있는 그 집과 그곳을 둘러싼 환경에는 많이 구애되며 살았으면서도 방 안의 책꽂이나 책상은 내 나름의 편리함 이외에는 장식을 멀리하며 살았다.

어쩌면 황순원 선생님의 그때 그 가르침 때문은 아니었을까. 습작소설을 들고 황순원 선생님 댁으로 찾아가면, 선생님은 앉은뱅이 밥상을 마주하고 앉아 노트를 펼쳐놓고 소설을 쓰고 계셨다. 집 안 어딘가에 그럴 듯한 책상과 책들이 숨어 있는 고색창연한 서재가 있었는지는 모르겠다. 다만 나는 그런 선생님의 서재를 본 적이 없다. 선생님의 학교 연구실에서도 댁에서도.

검정 밥상. 그 위에 놓인 글씨를 못 알아보게 지우고 또 고친 대학노트. 거기에는 선생님의 소설이 글자 하나하나까지 뜨겁게 쇳물처럼 몸을 달구고 있었다.

형식이 내용을 좌우할 수도 있다는 건 진리인지도 모른다. 좋은 책상 위에서 더 좋은 글이 씌어질 수도 있다. 그러나 인류 역사에서는 좋은 책상 위에서 얼마나 많은 나쁜 문서가 만들어졌던가. 그렇기에 이런 일반론으로 작가의 책상을 생각하고 싶지는 않다. 헤밍웨이는 웃통을 벗어부치고도 글을 썼고 일어서서도 글을 쓰지 않았던가. 돌아가신 소설가 이문구 선생은 누군가가 옆에서 신문이라도 부스럭거려야지 혼자 조용한 곳에서는 글을 쓰지 못한다고까지 하지 않았던가.

문득 톨스토이의 『전쟁과 평화』의 한 구절이 떠오른다. '내가 아는 모든 것은 그것을 사랑했기 때문에 안다'고 했던 그 말. 내가 사랑하는 책상이면, 내가 사랑하는 서재면 그것으로 다 되는 것이 아닐까. 우리가 살아가는 이 삶의 벌판도 다르지 않으리라. 남이 말하는 평가나 가치가 아니다. 그것은 남의 눈이다. 사랑도 그렇지 않은가. 사람도 일도 마찬가지다. 내가 모든 것을 다 바쳐 사랑했을 때 모든 것은 거기서 이룩되고 그것으로 찬란하게 끝나는 것이 아닌가.

화가 오수환과 가을을 가다

'왜 작가가 되었느냐'는 물음에 윌리엄 포크너는 대답했다. "작가는 종이와 연필 그리고 약간의 담배만 있으면 된다. 이렇게 단순한 직업이 어디 있겠는가."

그런가 하면 '예술은 외로움이며 스튜디오는 고문의 공간'이라고 말한 사람도 있다. 러시아계 미국인으로 패션잡지 〈보그〉의 아트디렉터로 다양한 활동을 했던 알렉산더 리버만이다.

화폭 속에서 한 화가가 추구하는 그 정신세계의 변화와 집적을 곁에서 지켜보는 것은 그와 동시대를 살아가는 사람만이 가질 수 있는 기쁨의 하나이다. 한국 추상미술의 한 버팀목으로 우뚝 서 있는 화가 오수환이 나에게 있어 그렇다. 나는 그와 나이가 같고, 그래서 살아온 세월이 같다. 지나간 시대의 그때 그 일들이 이 화가에게는 어떻게 영향을 미쳤는지를 미루어 짐작하게 되는 것이다. 그림으로서, 화가로서만이 아니다. 그런 지난날의 공유 공간이 있기에 나는 살아가며 이따금 어떤 벽 앞에 설 때면 스스로에게 묻는다. 오수환이라면 이걸 어떻게 생각할까. 오수환이라면 무슨 말을 할까.

가을 햇볕이 청아한 소리를 내며 쏟아지던 날이었다. 우리는 함께 대관령 산자락에 자리한 그의 새 작업실을 찾았었다. 화가 스스로 창고라고 말하는 그 건물은 그냥 네모였다. 네 개의 벽과 지붕 그리고 몇 개의 창이 전부인 단순함 그것이었다. 이름하기 나름이고, 쓰기 나름이지 예술가에게 작업실이 따로 있고 창고가 어디 따로 있으랴. 일을 하고 있으면 작업실이고 작품을 쌓아두면 창고일 것이다.

제주에 살 때였다. 집 밖에 따로 서재를 마련하고 글을 쓸 무렵이었다. 제주에 여행을 오신 작가 최일남 선생의 전화를 받은 아내가, 남편은 지금 '일을 하러 갔습니다'고 했다. 이 말을 들은 최 선생님이 훗날 나에게 '부인이 글을 쓰러 갔다고 하지 않고 일을 하러 갔다고 하던데…… 자네 제주에서 무슨 고구마 농사라도 짓나?' 해서 웃은 적이 있었다. 작업실도 되고 창고만 될까, 고구마 농사도 되는 것이 작가의 공간이다.

예술가의 작업실을 찾아간다는 건 때때로 두렵다. 창작의 비밀을 들여다보는 희열도 있지만 때로는 안 봐야 할 것을 본 쑥스러움이 함께하기 때문이다. 도예가 윤광조의 작업실을 찾았을 때였다. 어떻게 만든 것인지 모를 불가해한 문양이 반복되는 분청접시를 보며 감탄하는 나에게 그가 말하는 것이었다. 그 문양을, 비 내리는 날 술 마시며 돌아다니다가 주운 비닐우산대를 부러뜨려서 그걸 콕콕 찍어서 만들었다는 것이 아닌가.

화가 오수환의 일터인 그의 작업실은 겸손했다. 겸손을 넘어서는 담담한 아취가 있었다. 그냥 '나 여기 있어' 하듯이, 아무 장식도 멋 부림도 가라앉힌 채 작업실은 넉넉하고 담담했다. 마치 오수환의 인품을 보는 듯했다. 아직 본격적인 입주(?)가 이루어지지 않은 작업실이라, 나무를 깐 바닥이나 작업대는 물감 자국 하나 없이 깨끗했다. 나무 향기가 날 것만 같았다.

작업실 한쪽에 마련한 방에서는 창밖으로 가득 산이 보였다. 여기 앉아 있을 오수환에게 무엇이 위안이 될 수 있을까. 이제는 밭으로 변한, 한때는 스키장이기도 했다는 완만한 구릉과 거기 뻗어 있는 길을 바라보며 저 길이 그의 산책로가 되리라는 생각을 했다.

작업실은 화가가 자신의 몸만이 아니라 정신까지 의탁하는 방이다. 그런 의미에서 단순한 일터의 의미를 넘어선다. 영감이라고 말해지는 사고의 진원지가 될 수도 있고 그의 작품을 변화시키는 토양이 되기도 하기 때문이다. 찬란한 햇살이나 주변의 풍광이 또는 음험하게 내리누르는 도시의 잿빛 하늘이 작가에게 어떤 촉매가 될지는 모른다. 화가에게는 특히 그렇다. 화가 고갱이 문명의 때가 끼지 않은 타히티의 원주민 속으로, 고흐가 남프랑스의 햇빛 속으로 가지 않았다면 그들이 남긴 그림은 존재할 수 없었으리라는 생각을 하기 때문이다.

아직 아무것도 들여놓지 않는 텅 빈 작업실을 나는 이제부터 오수환이 채워가야 할 외로움의 상징처럼 바라보였다. '예술가에게 있어 외로움이란 무엇일까'를 생각할 때면 떠오르는 말이 있다. 작가 프란츠 카프카는 작품이란 '작가가 얼마나 혼자였는가, 그 고독의 산물'이라고 말했었다. 멕시코의 건축가 루이스 바라간은 '예술은 외로움 그 자체'라고 했다.

여기서 화가 오수환은 치열하게 외로울 것이다. 예술가에게 있어 외로움이란 혼자라는 의미이며 단순함이며 스스로 선택한 화려한 유배가 아닌가. 그가 혼자 보낼 긴 밤과 바람 부는 한낮을 지켜내야 할 시간들을 생각했다. 새 작업실에서 그는 대관령을 쓸며 내려오는 겨울 찬바람과 맞서야 할 테고 무릎이 넘게 쌓이는 눈보라와 추위를 견디며 자신의 새로운 세계를 향해 또 꿈틀거리며 나아가리라.

작업 과정의 고통스러움을 '고문'이라고 표현한 리버만보다도 오히려 포크너의 말에서 더 살벌한 의지가 느껴지는 것은 왜일까. 스튜디오를 '고문의 공간'이라고 한 리버만의 말은 작업 과정의 고통스러움을 표현한 것이겠지만, 어딘가 적절한 표현으로는 느껴지지 않는다. 타의와 강압에 의해 이루어지는 잔혹 행위가 고문이다. 그러나 작업실은 스스로의 선택으로 가혹하게 자신과 맞서는 장소이기에 때로는 축복의 공간이 된다.

그의 새 작업실에서 축복과 고문이 함께 들끓기를 바라며 눈길을 돌리는데, 바라보이는 산허리로 수리 한 마리가 수직으로 내리꽂히고 있었다. 토끼일까, 꿩일까. 수리는 포획할 무엇을 찾았나 보다.

2014년이었다.

김환기와 오수환과 조선 백자 항아리. 전시회가 인사 가나아트센터에서 열렸을 때, 나에게는 그 이름부터가 모호하고도 난해했다. 그 때문에 나는 전시회의 이름 '빛을 그리다'가 혹시 '빛을 그리워하다'는 뜻은 아닐까 의심하기까지 했다.

일본의 전시장에 가면 늘 이상한 '풍경'을 만나게 된다. 작품

보다는 그 옆에 붙여놓은 해설 앞에 더 많은 관객들이 몰려 있고, 더 오래 머무는 기이한 풍경이다. 왜 그림을 보러 와서 그림은 보지 않고 해설을 읽고 또 그걸 꼼꼼하게 적고 있는 것일까. 전시장 큐레이터가 안내하고 평론가가 설명하는 그 안내와 비평을 받아들이지 않고는 불안해서 견딜 수가 없다는 일본인들의 표정만이 아니다. 우리는 지금 해설의 시대를 사는지도 모르겠다. 음악회까지도 해설자가 끼어들어야 손님이 든다고 한다. 이 모습과 대척점에 서 있는 생각이지만 나는 그림을 사조나 주의로 바라보는 것이 싫다. 틀에 잡힌 미술사 안에서 그림을 구속하는 고정관념 때문이다.

그랬기에 '빛을 그리다' 전시장을 돌며 나는 세 개의 세계가 서로 다른 빛을 통해 이루는 삶을 보고 싶었다. 어느 길로 돌아서 어떻게 가든 우리가 그림과 만나는 순간에 '그림을 바라보는 그 시간의 즐거움과 기쁨' 이외에 무엇이 있단 말인가. 그런 마음으로 찾아간 전시장에서 서로 다르게 삶을 이야기하는 세 개의 세계를 만났으니 어찌 황홀하지 않을 수 있었으랴.

나는 오래 김환기의 그림에서 감동을 느끼지 못하며 살았다. 그 까닭은 소년기에 잡지 《현대문학》을 통해 접했던 김환기의 그 많은 표지화와 삽화 때문이었다. 훗날 만나게 되는 김환기의 작품은 내가 어린 시절 만났던 감동의 알뜰함, '아 이런 것이 그림이구나' 하는 놀라움을 뛰어넘지 못하는 것이었다. 또 있었다. 명상 혹은 시정(詩情)으로 이야기되는 점과 선, 색채와 구성은 너무나도 결이 고와서…… 그뿐, 나는 김환기의 그림에서 피가 흐르는 듯 남아 있을 작가의 내면을 느낄 수가 없었다.

그렇게 멀리했던 그의 그림에서 나는 뒤늦게 그리고 처음으로 바다를 보았다. 서울 문안 사람으로 컸을 것만 같던 그가 8백여 개의 섬을 껴안고 있는 호남 신안 사람이라는 것을 전시회 벽면의 약력을 보고 알았을 때(이래서 해설이 필요하긴 한가 보다) 나는 그의 그림에서 갯내음과 파도소리를 들었다.

그러나 내가 만난 김환기의 바다는 삶의 터전으로서의 바다, 삶을 지탱해주는 고단한 밭으로서의 바다가 아니었다. 타향살이가 서글프게 떠올리는 고향 바다, 추억으로서의 바다였다. 무수한 점으로 이어지는 그 반복은 바다 앞에 서 있는 망망함이었다. 소년기의 추억을 넘어서서 참으로 따스하게 김환기의 그림을 껴안는 순간이었다. 이제부터 나는 오래 그의 그림 앞을 서성거릴지도 모르겠다는 예감 속에 행복해했었다.

화가 오수환의 일상과 작품을 접시저울에 올려놓는다면 어느쪽으로 더 기울까. 그때마다 나는 오수환은 이 두 가지를 절묘하게 통제, 융합하고 있는 예술가가 아닌가, 생각하곤 한다. 정교하고 계획적인 일상과는 달리 작품은 놀라울 정도로 자유롭고 격렬하다. 그렇기에 오수환의 어떤 작품은 마치 그가 광기 어린 집중 속에서 파괴된 일상을 사는 사람은 아닐까 의심의 눈초리를 보내게 한다.

단단한 각질로 흐트러짐 없이 일상생활을 감싸고 있는 절제 (이 사람 화가 맞아? 하고 묻지 말자), 그 안에서 화가 오수환은 깊은 사유와 거대한 힘으로 절대자유를 누리고 있는 것은 아닐까. (화가 맞다. 이런 화가도 있다.) 여기에는 헤아릴 수 없이 스스로를 마모시키면서 지속해온 드로잉이 바닥을 떠받치고 있다.

미술평론가들조차 '그가 스케치를 하다니, 뭘?', '그에게 왜 드로잉이 필요하지?' 하고 고개를 갸웃거리는 것을 보았다. 스케치가 대상을 구상으로 재현한 형태하고 이해하는 단순한 생각들이 만들어낸 오해인 것이다.

음악을 들음으로써 그 선율에 따라 선이 하나 그어지고, 꺾이고, 둥글게 원으로 퍼져나갈 수도 있다고 왜 사람들은 이해하려고 하지 않는 것일까. 그 무엇을 보고 만났을 때 마음에 퍼져가는 파장이 오수환에게는 선이 된다고는 왜 생각하지 못하는 것일까. 오수환의 어떤 작품 속의 선이 중동의 고대유적을 보면서 추출되었다는 것을 안다면 오수환의 스케치는 어쩌면 그의 많은 그림을 여는 열쇠일지도 모른다.

2층 전시장 백자 대호 뒤에는 전시회에 내놓은 작품 가운데 가장 큰, 이어 붙인 두 개의 화폭이 있었다. 이 그림 속에서 낙하하는 물줄기처럼 쏟아져 내리고 솟아오르는 선이 불상을 스케치하면서 얻은 이미지라는 것을, 누가 알겠는가.

그런 의미에서 나는 화가 오수환에게 얹히는 '서체적 추상'이라는 해설이 그처럼 공소하게 들릴 수가 없다. 그가 언제 해체한 글자 따위를 가지고 조몰락거렸던가. 오수환이 이집트의 유적을 스케치하고 돌아왔다는 말을 들었을 때 나는 그것이 어떻게 추상화되어 혹은 울림이 되고 기호가 되어 화폭 안에 떠오를지, 마음을 졸이며 기다렸었다.

오수환의 선은 무엇을 주장하지도, 드러내려고도 하지 않는다. '그리하여 여기까지 흘러왔노라' 하는 역사도 없다. 그 무엇도 범접하기 어려운 세계, 여기에 자유로움이 더해지기에, 아 오수환의 선은 아름답다. 그지없이 아름답다.

전시장을 돌며 생각했다. 마침내 오수환의 선은 그리움으로 향한다고. 오수환이 펼쳐 보이는 선은 외로움이 아니라 그리움이라고, 나는 오래전부터 생각해오지 않았던가. 외로움은 결핍이며 갈증이지만 그리움은 기다림이며 채워질 날을 기다리는 여백이 아닌가.

그리고 조선 백자 항아리를 만났다. 실로 이 지상에 이보다 더 아름답고 풍요로운 덩어리가 있을까. 찬란하게 외설스럽기까지 한 그 양감 앞에서 나는 비로소 빛을 만난 느낌이었다. '눈부신' 혹은 '빛나는'이라는 표현으로는 턱없이 부족한 그 색깔. 결코 눈부시지 않으면서도 그러나 그 어느 것보다도 눈부신 흰색으로 달항아리가 뿜어내는 빛. 그 앞에서 내 교양의 수위는 허무하게 무너져 내렸다. 달항아리의 찬란하면서 순백한 에로티시즘. 살아 있는 누군가의 몸 아니 엉덩이도 범접할 수 없는 양감의 아름다움이었다.

전시장을 나와 돌아오던 길에서였다. 오수환의 그림에서 나는 어떤 삶을 보았던가 스스로에게 물었다. 형언할 수 없는 깊이의 희디흰 색과 넉넉한 양감으로 충만한 백자 달항아리는 색깔도 주장도 없는 무위와 단순함으로, 이렇게 살아가라고 삶을 이야기하고 있었다. 김환기의 작품들은 물소리 같은 관조로 이런 것이 사는 게 아니겠는가 속삭이고 있었다. 오수환의 그림에는 어떤 삶이 있었던가. 그리워하고 또 그리워하라. 그의 그림은 다만 그렇게만 말하고 있었을까. 이 의문을 품고 나는 또 오수환의 전시회를 찾아가게 될지도 모른다. 이제는 그의 그림 속에서 삶을 보기 위해.

그도 나도 세월과 함께 늙어가면서 앞서거니 뒤서거니 재직

하던 학교에서 정년을 맞았다.

무슨 생각에서였던지 늦은 나이에 대학강단에서 15년을 보낸 나와는 달리 오수환은 대학을 졸업한 지 일주일 만에 미술교사를 시작으로 서울여대에서 정년을 맞을 때까지 38년, 학생들을 가르치며 보냈다. 내가 이따금 학교생활을 물을 때면 그의 대답은 한결같았다. '예술을 어떻게 가르쳐! 자신이 하는 거지.'

추적추적 가을비가 뿌리던 날이었다. 그 무렵은 오수환이 장흥아트파크에 새로운 작업실을 마련하고도 해를 넘겼을 때였다. 긴 직장생활에서 벗어난 그가 누리는 전업화가로서의 자유를 보고 싶었다. 그를 따라 방학동 집에서부터 장흥까지 버스와 지하철을 갈아타며 찾아갔던 것도 그가 경영하고 있는 자유의 한 자락을 들춰보자는 생각에서였다. 운전을 하지 않는 그가 2시간 가까이를 들여 오가는 길이었다.

그의 작업실은 문을 열면 옥상이 이어지는 맨 위층에 있었다. 무엇보다 화실 안으로 들어서는 나를 놀라게 한 것은 화실의 정갈함이었다. 청소도 하고 정리도 하는 도우미라도 있지 않다면 어떻게 이럴까 싶게 오수환의 화실은 깨끗했고 단정했다.

의자와 책상과 큰 탁자, 책과 화구들만이 아니었다. 작업 중인 작품들도 마찬가지였다. 누워 있을 캔버스는 누워 있었고 서 있을 캔버스는 서 있었다. 더욱 놀라운 것은 붓이었다. 널찍한 탁자

위에 수십 개의 크고 작은 붓이 마치 의전행사를 기다리며 도열한 의장대처럼 질서정연했다. 언제라도 '우로 봐!' 하면 붓들이 일제히 오른쪽으로 돌아누울 것만 같았다.

작업 중인 작품들에서는 새로운 선의 변화가 이루어지고 있었다. 주조를 이루고 있는 것은 여전히 선이고 그 선을 떠받들고 있는 색깔은 여전히 검은색이었다. 그러나 그가 이제까지 해온 작업과는 본질이 바뀌고 있었다. 이전의 전시회에서 내걸었던 명제들인 변주, 관조, 고요가 아니었다. 혹은 '비움과 채움'이나 '여백에 대한 사색'도 아니었다. 옛 흔적이 조금 남아 있기는 하지만 그의 부단한 몸부림이 읽혀졌다. 무엇보다도 그의 선들은 흐느끼고, 절규하고, 날뛰고 있었다. '용솟음치는 혼란'이라고나 해야 할 그런 것을 나는 보았다.

예전과 달리 작업 중인 캔버스에는 바탕에 색깔이 덧씌워진 그림들이 많이 눈에 띄었다. 그러나 바탕이 화사해졌다고는 해도 그 위의 선들은 아직 검었다. 엄격하다는 느낌이 들게 검었다. 색을 쓰기 시작한 것은 5년 전 즈음부터라고 했다.

나는 오랫동안 오수환이 캔버스에 색깔을 쓰기 시작할 때쯤이면 아주 행복에 겨운 그림을 만나리라는 예감을 가지고 있었다. 말랑거리는 홍시처럼 삶이 무르익고 거기에 노년의 따스함이 우러나오면서 드러날 색깔들은 얼마나 화사할 것인가. 그리고 그렇게 그려지는 선들은 행복에 겨워 얼굴을 숙이고, 환희를 숨기느라 눈길을 아래로 깐 그런 선들이 아닐까. 오랜 어둠, 농담 짙는 암묵의 세계에서 벗어나 만나게 될 춤추는 붉음, 노래하는 푸름, 묵상하는 노랑은 얼마나 찬연할 것인가.

'너 죽기 전에 하고 싶은 말 한마디만 해봐!' 하는 그런 마음으로 지금까지 작업을 했다고나 할까. 죽기 전에 할 수 있는 한마디, 그런 것에 관심이 있었는데 요즈음은 삶에 대해서, 살아가는 게 무엇인가에 관심이 가닿아. 삶의 역동성이랄까, 그런 것에.

죽음이라는 절대가 아닌 또 다른 절대인 살아감에 대하여 갖기 시작한 진솔한 관심, 그렇게 생각이 바뀌면서 화폭에 색이 나타나기 시작했다고 했다. 삶이란 무엇인가. 오수환과 그의 그림이 이제 와서 그것을 묻고 있는 것이다. 그렇게 말하고 나서 오수환은 마치 자신에게 말하듯이 웃었다.

"죽기 전에 발악을 하는 거지, 뭐."

이야기를 나누는 사이사이 그는 넓은 탁자 위에 쌓여 있는 스케치북을 들고 와 엄청난 분량의 드로잉들을 보여주곤 했다.

"내 그림을 보는 사람이 당혹감을 느낄 수도 있겠지만 '나는 내가 해보고 싶은 실험은 다하겠다' 하는 생각을 하는데, 여기서 그림이 오히려 더 단순해져."

마침표를 찍듯이 그가 말을 이었다.

"'이건 너무 과하지 않아?' 하고 생각하는 사람도 있겠지. 하지만 내가 하고 싶은 것을 직접 전달하자, 그런 생각이지. '이것도 그림이야!' 혹은 '이것도 그림이야?' 하고 던지는 내 질문으로 내 임무는 끝난다고 생각해."

잠시 뒤 그는 이런 말도 했다.

"내 작업이란 결국 기록하는 것이니까. 문명, 자연, 인간 그 사이에서 내가 보고 느낀 것을 어떻게 표현할까. 그 기록이 내 작업이니까."

그는 모더니즘이 가지는 무한한 가능성이나 모더니즘이 끝내 이룩하지 못했던 미완성에서 어떤 가능성을 보고 있는 것 같았다. 그런 이야기 끝에, 시대가 포스트모던이라지만 모더니즘으로도 얼마든지 작업을 할 수 있다고도 했다.

"어느 시대에나 그 시대의 언어가 있으므로, 나의 언어 자체가 달라져야 그 시대 그 사람들과 소통이 된다고 생각해. 현대인의 의식구조도 달라지니까, 그들의 언어를 찾아 그들과 대화하면서 내 그림도 표현이 더 강해지고 더 직접적이 되었다고나 할까."

그런 것일까. 오수환이 그렇게 생각한다는 것이 낯설게 다가왔다. 고집스럽게 그는 자신만의 세계를 구축해 견고하게 지켜온 화가가 아니었던가. 시대의 언어와 소통하기 위해서 내 언어가 더 강해지고 직접적이 되었다는 말은 무엇에 부합하고 소통하기 위하여 자신을 꺾고 구부렸다는 뜻은 아니었다. 나는 그것을 오수환이 가지는 오랜 자기 갱신과 정화로 이해했다.

"요즈음 들어서 더욱더, 전통적인 그림이 갖추어야 할 조건에서도 벗어나자. 그런 생각을 해. ('이것이 그림이다' 하는) 그런 조형적 요소, 방법적 문제, 그림이 갖추어야 할 조건, 전통적인 기법. 그런 것에서도 자유로워지자. 그렇게 어떤 제한을 풀어버리니까 무궁무진한 것들이 눈에 들어와. '내가 이래도 되는 거야?' 할 정도로 다 풀어버리니까. 책을 읽으면서도 그런 것을 생각하고."

이날 헤어지면서 오수환은 나에게 최근에 읽은 책이라면서 『선(禪)과 정신분석』이라는 책을 건네주었다. 에리히 프롬, 스즈키 다이세츠, R. D. 마르티노가 함께 쓴 책이었다. 오수환이 화가로서는 드물게 책을 많이 읽는다는 걸 알고 있던 나는 책을 받아들며 책 속을 들춰보았다. 여전했다. 늘 그래왔듯이 요즈음도 오수환은 곳곳에 밑줄을 그어가며 책을 읽고 있었다.

오수환에게는 중요하게 여기는 생활철학이 있다. 그날 이야기 끝에 이 삶의 지표를 그가 입에 올렸다.

"일하고 밥 먹어라. 이건 내가 지키지. 밥이 중요해. 밥값은 하고 살아야 하지 않겠어?"

이러한 삶은 오수환 자신으로 끝나지 않고 향기와 여운을 가지고 퍼져나간다. 그와 같은 아틀리에서 작업을 하고 있는 50여명의 젊은 작가들에게 오수환은 활력과 자극이 되어 있다고 했다. 밥값은 하고 살아야 한다는 평범하기만 한 생활신조가 정확한 시간에 작업장으로 오고 정확한 시간에 집으로 돌아가는 일상을 만들어내기 때문이다. 이 모습이 젊은 작가들에게 '오 선생님도 저렇게 열심히 하시는데, 나는?' 하는 경각심과 분발을 주고 있다고 아틀리에 관계자는 들려주었다.

화실을 나온 우리는 야외공연장을 지나, 브르델의 작품이 있는 조각공원을 걸었다. 아트파크 미술관에서는 마침 '우리가 꼭 알아야 할 우리 작가' 전시회의 두 번째 기획으로 오수환전이 열리고 있었다. 그 전시 안내문은 '동양과 서양을 이야기할 때 빼놓을 수 없는 한국을 대표하는 순수 추상화가 오수환(1946-)의 최근 작품들로 구성된 전시'라고 오수환을 소개하고 있었다. 헌사라고도 할 수 있는 이 글, 오수환의 작품에 걸린 이 어깨띠는 정확하게 오수환을 표현하고 있었다. 그렇다면 그는 행복한 화가이고, 성공한 화가이고 외로울 것이 없는 화가가 아닌가. 당대에다 이해된 화가가 아닌가. 얼마나 많은 창조자들이 몰이해와 무시, 망각의 현실과 맞서 고통 속에 살아가는가.

저녁이 오고 있었다. 오수환과의 행복했던 하루, 가을길이 끝나고 이제부터는 서울로 가기 위해 택시를 기다려 난폭운전에 시달릴 차례였다. 그날 우리는 아틀리에 건물과 길 하나를 마주하고 있는 탈마당 식당에서 점심을 먹었다. 장흥 계곡을 흐르는 석현천을 끼고 있어 여름철이면 시냇물 소리가 들려올 것 같은 식당이었다. 무엇으로 이렇게 깊은 맛이 우러나는 국물맛을 냈을까 싶은 콩나물국으로 점심을 먹으면서 오수환이 말했다.

"저 냇가에 청둥오리가 날아오고 그랬는데, 산책로를 낸다고 습지며 갈대를 다 없애고 시멘트를 발라버리니까 철새가 안 와. 인위적이라는 게 그런 거지."

인위적이라는 말이 문득 오늘 하루를 돌아보게 만들었다. 방학동에서 장흥까지 오는 동안 사람이 만든 건물이나 거리는 그토록 혼란스럽고 난잡할 수 없었다. 그러나 가을비가 뿌리고 간 길, 바람이 부는 대로 나뭇잎이 떨어져 깔린 길은 얼마나 아름다웠던가. 오수환이 추구하고 있는 것도 그렇게 무위(無爲)의 세계, 자연스러움의 끝은 아닐까. 그는 자신의 그림에 청둥오리가 날아들 날을 기다리며 살아가는 것은 아닐까.

서울로 돌아가는 차를 기다리며 생각했다. 지난 연초였다. 학교를 떠나며 연구실을 정리하다 보니, 마음의 바닥을 어슬렁거리며 지나가는 말이 있었다. 인생은 짧은데 하루는 참 길었구나. 예술은 길고 인생은 짧은 것이 아니었다. 되돌아보는 인생은 짧았다. '어느새'라는 말 그대로 그렇게 지나가버린 세월들이었다. 그러나 하루는 길었다. 얼마나 긴 슬픔이, 또 얼마나 긴 고통이 그 하루 안에 머물러 나를 힘들게 했던가. 인생은 짧지만 하루는 그렇게 길었던 것이다.

오늘 긴 하루, 오수환의 그림과 그의 삶 안에 머물렀던 하루는 고 평화로웠다. 행복했다. 오수환의 전시회에서 그의 그림을 오래 바라보았던 지난 어느 날, 집으로 돌아오는 내 마음에 오수환의 그림이 들어와 우뚝우뚝 서던 그날처럼.

2

나와 만나 우리가 되어

딸이 떠난 방

딸아이가 유학길에 올랐다.

떠나기 며칠 전부터 자신이 쓰던 방을 치우고, 앞으로 가져갈 것을 챙기는 딸의 모습을 바라보면서 여러 생각이 오갈 수밖에 없었다. 아버지란 무엇인가. 딸과 아버지라는 관계는 무엇이었나. 집을 떠나 제 삶을 향한 발걸음을 시작해야 하는 딸아이가, 이제까지 늘 잘 해왔듯이 잘 하리라고 믿었고, 그 믿음이 내가 딸에게 보내는 눈길의 전부일 수밖에 없으면서도, 스스로에게 묻고 있었다. 아버지란 무엇인가.

내 안에서 이상한, 나 스스로도 이해할 수 없는 일이 일어나기 시작한 것은 그날 아침 공항으로 갈 때였다. 어학연수를 간다든가, 외국에 사는 친척집에 가는 딸아이를 공항에서 배웅한 적은 여러 번 있어 낯선 것이 아니었다. 그러나 이번만은 달랐다. 알 수 없는 비감(悲感)이 내 마음 밑바닥에 깔리는 것이 아닌가.

공항에서 딸아이를 보내고 집으로 돌아와서 딸아이가 떠난 방을 둘러보니, 그가 남겨두고 간 책들에 눈길이 오래 머물렀다. 딸의 전공이 철학이었던지라, 그 아이가 읽던 전공 분야의 책들, 어학 관련 문제집들의 용도는 물론 이미 내가 머물고 있는 지식이나 사유를 넘어선 저편에 있는 것들이 많았다. 도대체 이 공부를 언제 마치고, 언제 스스로를 성취해서 이 세상에서 쓸모 있는 그릇이 되겠다는 것인지. 마음이 암연(黯然)했다. 그리고 그것만이 아니었다. 특히 딸이 모아둔 영상자료들이나 늘 듣던 음악 CD, 재즈며 하드락 음악은 나와는 너무나 먼 곳에 있었다.

문득 딸아이가 어렸을 때의 기억들이 떠올랐다. 요즈음의 아이들이 다 그렇듯이, 초등학교를 가기도 전에 딸아이도 한글을 깨쳤다. 그건 아마 TV의 영향이 아닌가 싶다. 아이는 하루에도 몇 통씩 아빠에게 배달되는 우편물이 신기했던 모양이다. 하루는 내 책상 위에 무언가 이상한 편지가 놓여 있어서 들여다보니, 내게 온 편지에서 우표를 뜯어서 겉봉에 붙인 그것은 딸애가 나에게 보낸 편지였다. 조그마한 종이에는 이렇게 쓰여 있었다.

아빠 안녕

나도 안녕

끝

자신이 알고 있는 한글을 전부 동원한 것 같은 이 편지는 아마 이런 뜻은 아니었을까. '아빠 안녕하세요. 저도 잘 있습니다. 그럼 이만.' 그런 말은 아니었을까.

자식을 고등학교에 보내면서 이 땅의 아버지들은 아이들을 잃는다. 공교육과 사교육이 뒤엉킨 그들의 고등학교 시절이라는 것은 아이들을 가족에게서부터 분리시킨다. 고3 시절이 되면 더욱 그렇다. 나라고 해서 다르지 않았다. 그렇게 입시지옥 속으로 잃어버렸던 딸을 되찾을 기회도 없이 이제는 멀리 타국으로 떠나보냈구나. 그것은 새롭게 다가온 각성이었다.

비로소 알 수 있었다. 이 아이가 얼마나 많은 세월 동안 나에게 힘이 되었던가. 내가 신군부의 보안사에 끌려가 세상에서 흔히 '한수산 필화사건'이라 부르는 고문사건을 겪고 나서 피폐한

---

* 한수산 필화사건. 1981년 5월 《중앙일보》에 연재 중이던 한수산의 장편소설 『욕망의 거리』에서 당시 군부정권을 모욕했다는 혐의를 들어 관련자들을 보안사령부에 연행하고 고문을 자행한 사건.

나날을 보낼 때 그 애는 아직 유치원에 가기에도 어린 나이였다. 삶에 대한 모든 가능성을, 인간에 대한 어떤 긍정도 잃어버린 채 제주도에서 살아가던 그 암흑 속에서 그 아이는 늘 반짝이는 생명으로 옆에 있었다.

삶이 사라져버린 폐허 속에서, 사람을 만나는 일조차 혐오스러운 나날을 보내던 내가 그때 할 수 있었던 '생활'이란 한라산 속에 나를 가두고 하루를 보내는 일이었다. 아이와 함께 산으로 올라가 숲속에서 하루를 지내고 내려오는 저녁이면, 잠든 아이를 싣고 내려오던 차를 길옆에 세우고 캄캄한 제주 앞바다를 내려다보곤 했었다. 오징어잡이 배가 무슨 축복처럼, 약속처럼 떠 있던 바다. 그때 바라본 바다는 창조의 자궁 같았고, 절대의 폐허 같기도 했다. 그리고 그 두 가지는 서로 다른 것이 아니라 하나라는 것을 나에게 가르쳤다. 거기 그 애가 있었다. 다만 자식으로서가 아니라 생명의 힘, 살아 있는 것의 아름다움을 일깨워준 축복으로.

딸아이를 보내고 공항을 나서면서 눈시울이 젖어온 것도 그 때문이었으리라. 아비의 삶 고비고비마다 딸아이는 늘 내 옆에서 자라고 있다는 그것만으로도 나를 긍정의 쪽으로, 생명의 존엄 속으로, 그리고 고난 가득한 나날 속에서도 구름 속에서 언뜻언뜻 빛나는 햇빛 같은 기쁨으로 이 삶의 아름다움을 향하여 나아갈 수 있도록 해주었던 것이다. 그 모든 곳에 그 아이가 있어주었던 것이다.

딸을 떠나보낸 게 아니라 비로소 딸을 되찾았다는 느낌이 처음으로 들었다. 저 입시지옥에서 잃어버렸던 딸을 이제 더 사랑할 수 있을 것 같다는 생각도 믿음처럼 다가왔다. 집을 떠나는 선택 또한 고난의 길이지만 그 선택은 자신의 의지에 의한 선택이다. 탁마의 시간 속으로 스스로 걸어가는 자유가 아닌가. 자유의 황홀함이 있는 광야가 아닌가.

그날 밤이 깊어서였다. 딸에게 보낼 편지를 쓰며 나는 서재에 앉아 있었다. 언제 보낼지 모르는 편지였다. 아마도 끝내 보내지 않을지도 모른다면서 쓰는 편지였다.

너를 보내면서 내리던 빗발은 점점 심해지더니 집으로 돌아오는 길에는 앞이 보이지도 않게 퍼부었다. 이러다 비행기도 못 뜨는 거 아닌가 모르겠다. 그런 생각을 하며 길 위에 부서지고 있는 빗발을 바라보곤 했다. 낯설기만 한 외국으로 내보내는 것도 아니었는데 왜 헤어질 때는 그렇게 가슴이 막막했는지 모르겠다. 일본이야 네가 어려서 4년이나 되는 시간을 살았기에 언어에도 아무 불편이 없는데도 그렇더구나.

딸아.

이 세상에 열려 있는 수많은 길 가운데 학문을 자신의 뜻으로 선택한 네게 아버지는 별다른 아쉬움이 없다. 좀 더 쉬운 길, 현실적이고 목표나 과정이 좀 더 확실한 실사구시한 길이 없는 것은 아니겠지. 그러나 젊은 이가 가야 할 길에 '쉬운 길'이란 없다는 것을 너도 알리라. 선택의 과정이란 어렵고 갈등 속에서 뒤채야 하는 날이겠지만, 내딛은 발걸음에는 뚜벅뚜벅 두려움이 없어야 한단다.

이제부터는 네가 살아가는 시간들 그 하나하나가 집적 (集積)의 나날이 되기를 아버지는 바라고 있다. 어떤 발견이나 성취도 하루 저녁에 이루어지지는 않는다. 나치 수용소에서 하룻밤에 머리카락이 하얗게 세어버렸던 콜베 신부의 그것은 고통이었고 기도였다. 아침에 깨어나 보니 유명해져 있었다는 건 시인 바이런에게나 있었던 신화라고 생각해라. 작은 것들이, 하루하루의 성실이 쌓이고 모여서 무언가를 이루는 것이라는 '집적의 생활'에 눈뜨기 바란다. 이제부터는 그런 나날이 너의 걸음걸이가 되어야 한단다.

그렇다고는 하지만, 네가 지금 껴안고 있는 젊음은 자유 그것이란다. 자유란 가능성이고 미래의 약속이 아니겠니. 그것을 믿고 그 자유로 너 자신을 구속하기 바란다. 자유로 너 자신을 결박하기 바란다.

네가 대학생이 되었을 때 내가 했던 말을 다시 기억했으면 좋겠다. 어느 날 밤늦게 학교 도서관을 걸어 나올 때, 갑자기 자신의 영혼이 한 뼘쯤 키가 자란 것 같은 그런 '진리와 만나는 순간'을 갖게 되기 바란다고 했었지. 그런 순간들이 젊은 날의 켜마다에 자리 잡을 수 있다면 얼마나 좋겠니. 훗날 뒤돌아보면 하찮은 깨달음이었다 할지라도 그런 시간들이 네 영혼의 나이테마다 알알이 박혀 있기를 기도한단다. 깊은 밤에 만나는 진리와 발견의 시간을.

네 동생은 '무슨 가훈이 이래요'라면서 웃어댔지만, 내가 어린 너희들에게 바랐던 것은 세 마디였다. '씩씩, 똑똑, 튼튼'하라는 거였어.
'씩씩'은 기상이었다. 큰 뜻과 고결한 이상을 가지라는 것이었어. '똑똑'이 지성이었다면 '튼튼'은 생활을 위한 건강한 몸이었다. 어떤 부모나 가질 수 있는 지극히 평범한 이런 말을 너희들에게 들려주면서, 평범한 것들 속에 더 깊은 진실이 담겨 있기를 바랐는지도 모르겠다.

자라는 너를 보면서 바랐던 것은 두 가지였다. '이 세상을 아름답게 하기 위하여' 살고, '뜻을 가지고' 살아가자는 것이었어. 세상을 아름답게 하는 삶. 그리고 거기에 네 뜻이 실리기를 바랐던 거란다.

빗길을 돌아오며 아주 오랜만에 어려서 네게 들려주던 아빠 작사, 작곡의 자장가를 가만히 불러보았다. 너무 슬프다면서 네가 다른 노래를 지어달라고 했던 그 자장가.

아빠 머리에 흰 서리 내리고
네가 네 생의 주인이 될 때
저무는 바다도 함께 보겠지.
바람 같던 세월도 얘기할 거야.

어느새 아빠 머리에도 흰 서리가 내렸구나. 너 또한 네 생의 주인이 되어…… 언제 우리가 다시 만나 저무는 바다도 함께 바라보고, 그 바닷가를 걸으며 바람 같던 세월을 이야기하게 되려나.

무엇보다도 건강하기를 바란다만 그러나 잊지 말아다오. 뜻을 가지고 살면서 이 세상을 아름답게 하기 위해 살아가리라는 너를 향한 아버지가 가진 마음의 바탕을.

이호 바닷가에 서서

　30년이 흘러가 있었다. 그 세월을 건너, 가을이 오고 있는 제주의 이호해수욕장 해변에 서 있었다. 어느새 서른이 훌쩍 넘은 딸과 함께였다. 자신의 생일을 맞은 딸이 '제가 쏠게요' 하면서 마련한 제주여행이었다.

　그때 세 살이었던 딸아이와 함께 오늘 이 해변에 와 섰구나 하는 감회가 없을 리 없었건만, 흐린 바다를 내다보는 내 가슴을 그 무엇도 들끓게 하지는 않았다. 30년 전의 분노도, 처절함도 남아 있지 않았다. 1981년 국군보안사령부에 의해 자행된 고문사건, 훗날 '한수산 필화사건'이라 부르게 되는 사건으로 서울로 잡혀

올라간 곳이 그때 살고 있던 제주였다.

비행기 트랩을 내리자마자 김포공항 활주로에서 눈이 가려진 나는 세 명의 요원에 의해 질질 끌려가며 공항을 빠져나갔고 보안사로 향하는 승용차 안에서부터 무차별한 구타를 당하며 지하 고문실로 압송되었다. 전두환 정권 초기, 반정부 여론을 조장하고자 언론계와 출판계가 연루된 조직의 주범이 나라는 것이 그들이 조작하려 했던 음모였다. 내가 알고 있는 문화계 인사 가운데서 그들이 추려낸 다섯 명이 사주 또는 부화뇌동한 종범들이었다.

온갖 고문의 그 처절한 가혹행위를 겪고 풀려나 제주로 돌아온 후, 통곡 속에 찾아오곤 하던 곳이 바로 이호해수욕장이었다. 걸레처럼 너덜너덜해진 몸으로 제주의 가족에게 돌아왔을 때, 전기고문으로 타버린 온몸은 검붉은 보랏빛이 되어 마치 '가지' 같았다.

사람의 몸은 신비했다. 가짓빛으로 타버렸던 몸이 몇 달이 지나면서 손과 팔에서는 살갗이 벗겨지며 새살이 돋았다. 가슴의 피멍은 안으로 스며들며 제 색깔을 찾아갔다. 그러나 내상(內傷)은 가시지 않았다. 나는 추상명사를 잃어버린 몸이 되어 있었다. 내 아이, 내 밥, 내 집……. 그렇게 우리는 보통명사를 가지고 살아간다. 그러나 그 보통명사를 가지고 추구하며 지향하는 것은 추상명사다. 집이 아니라 가족애이며 밥이 아니라 생명의 아름다움이다. 그러나 집이 있었지만 나는 가족에 대한 사랑을 잃었고, 밥이 있었지만 이미 생명의 찬란함을 잃어버린 몸이었다. 추상명사를 잃어버린 몸은 그랬다.

그것도 고문의 후유증이었으리라. 무엇보다도 나는 사람이 무서웠다. 사람과 눈을 마주치면 그 순간부터 몸이 떨리는, 감당하기 힘든 대인공포증에 시달리며 내가 사람을 피해 찾아가곤 했던 곳이 바로 집 가까운 곳에 자리한 이호해수욕장. 텅 비어서 물결소리만 가득한 철 지난 바닷가였다.

한밤의 이호해수욕장은 참혹하도록 어두웠다. 검은 물결이와 부딪치는 모래밭을 뒹굴고 후벼 파면서 울부짖던 그 수많은 밤들. 새벽녘 집으로 돌아와 몸을 씻으면 내 몸에 묻었던 모래들이 샤워기의 물줄기를 타고 마치 불개미들처럼 줄을 만들면서 욕조바닥을 흘러갔다. 견뎌야 한다고, 견딜 수 있을 때까지 견뎌야 하고 그래도 살아야 한다고 흐느끼던 그 새벽.

한낮이면 딸아이를 데리고 그 해변을 거닐었다. 이호해수욕장 옆으로는 소나무에 둘러싸인 연못이 있었고 늘 오리들이 무심하게 놀고 있었다. 딸애는 가지고 간 과자를 오리들에게 뿌려주며 폴짝폴짝 연못가를 뛰어다녔고, 오리들은 과자를 얻어먹기 위해 꽥꽥거리며 딸애의 뒤를 쫓아다녔다. 그걸 좋아하게 된 딸애는 자다가 벌떡 일어나서 '아빠, 오리 보러 가자'고 했을 정도였다.

해변은 30년의 세월만큼이나 많이 달라져 있었다. 이름도 '이호테우해수욕장'으로 바뀌고 정비된 해변에는 관광객을 위한 시설물이 여럿 들어서 있었다. 테우란 제주바다에서 예부터 써오던 배였지만 통나무를 얼기설기 엮어놓은 모습이 배라고도 할 수 없는 배였다. 떼배라고도 부르던 그 배가 한두 채 버려진 듯 포구에 떠 있곤 하던 그때가 떠올랐다.

이호해수욕장의 소나무 숲으로 오리를 보러 오가던 날들, 세 살배기 딸아이가 보여주던 생명력 그것만이 그때 내가 살 수 있는, 아니 나를 살아 있게 하는 전부였다. 아이는 그렇게 자랐다. 뒤뚱거리던 걸음걸이가 제자리를 잡아가듯 하루가 다르게 커가는 아이의 몸에 풍기던 그 생명의 향기, 어린 몸이 보여주던 살아 있음에 대한 환희, 손잡이를 잡고 걸어가면 땅에 끌리는 커다란 스케치북을 들고 처음 미술학원으로 향하는 딸아이의 뒷모습을 바라보던 날, 나는 알 수 있었다. 그 뒷모습은 삶이란 얼마나 엄숙한 것인지를 말없이 속삭이고 있었던 것이다.

비 오고 바람 불고 눈 내리고……. 그렇게 30년이 지나갔다.

'딸아, 고마웠다. 네가 곁에 있어주어서 고마웠다.' 비라도 뿌릴 듯이 흐려 있는 먼 바다를 내다보며 나는 딸의 어깨에 손을 얹었다. 살아야 한다. 30년 세월의 강을 건너 이제 그것을 안다. 삶이 아무리 비참하고 졸렬하다 해도 그 무엇도 살아 있음의 장엄함을 넘어서지는 못한다. 지금 어딘가에서 혼자 울고 있는 누군가에게, 붙잡고 더 살아갈 수 있는 그 무엇도 없이 쓰러져가는 누군가에게 말해주고 싶었다. 살아가라고, 결코 삶을 포기해서는 안 된다고. 살아내는 것만이 가장 아름다운, 그리고 단 하나뿐인 가치라고 소리치고 싶었다. 30년 만에 찾아간 이호 바닷가에서.

재즈 페스티벌에서 돌아오며

어쩐 일인지, 올해 내 작업실이 있는 마을에는 크고 탐스런 코스모스가 무리 지어 피었다. 멀리 핀 코스모스 무리, 아름다움은 거기까지다. 가까이 다가가서 보면 이 코스모스는 어딘가 불편하다. 그런 특이한 종자를 심은 것인지. 아니면 그렇게 길렀는지 모르겠으나, 하늘하늘 바람에 흔들리는 코스모스의 가냘픈 이미지와는 달라도 너무 다르다. 살이 쪄도 너무 찐 코스모스들이다. 코스모스들이 보디빌딩 대회라도 여는 것 같다. 우악스럽다고 해야 할 정도로 투실투실하고 넙적넙적한 코스모스가 무리 지어 길가에 피었다.

그 코스모스 길을 지나 가평에서 열리는 '자라섬 국제 재즈 페스티벌'을 보러 갔다. 딸과 함께였다.

노인이 그것도 음악을 하는 사람도 아닌, 그렇다. 아내의 입버릇에 의하면 '칠십이 내일모레'인 소설가가, 재즈 페스티벌을 딸과 함께 갔다면 '웃겨! 진짜' 하는 분들이 분명 있으리라. 그러나 나는 아직도 여름이면 록 페스티벌을 가곤 한다. 몇 년째 다니곤 했던 '지산 록 페스티벌'도 그 가운데 하나였다. 그것도 딸과 함께였다. 물론 고성능 스피커로 전해지는 소리의 광란에 날뛰는 젊은이들 속에 섞여서 '여기서 최고령자를 뽑으라면, 내가 한자리 할걸' 하고 중얼거리기는 하지만.

재즈 페스티벌이 열리는 자라섬에 도착했을 때는 오후 3시쯤이었다. 입장권이 매진된 자라섬은 이미 사람들로 뒤덮여 있었다. 그럼에도 놀란 것은 관객들의 성숙도였다. 이만큼 자리를 잡았나 싶게, 눈살을 찌푸리게 하는 관객을 찾아보기 힘들게 저마다 '자기'식으로 페스티벌을 즐기는 모습이었다.

내가 보고 싶어 찾아온 공연은 '나윤선 & 울프 바케니우스 듀오'였다. 내가 그 공연을 보고 싶었던 것은 콘서트홀이라는 실내 공간에서 나를 사로잡았던 나윤선의 가창력과 그녀 특유의 무대 장악력 그리고 노래 중간중간에 껴 넣던 이야기들, 그 느릿느릿하면서 마치 둘이 마주앉아 대화하는 듯 다가오던 이야기들이 드넓은 야외공연장에서는 어떻게 스며드는지 보고 싶어서였다.

광장에 담요를 깔고 후원사에서 제공한 종이시트에 기대앉아서 딸과 함께 치킨도 우물거리고 아이스크림도 먹었다. 붉게 물드는 가을 밤하늘을 카메라에 담기도 하면서 '그렇지 뭐, 이런 게 사는 즐거움이라는 거지 뭐.' 그런 말을 마음속으로 중얼거릴 수 있었고, 어둠이 깔리면서 시작된 나윤선의 무대를 지켜보며 나는 내내 행복해했다.

나윤선의 공연이 끝나자 우리는 서둘러 공연장을 빠져나왔다. 가평역 옛 광장에서 열리는 스웨덴 출신의 첼리스트 라르스 다니엘손과 기타리스트 울프 바케니우스의 듀오 공연을 보기 위해서였다. 그들의 공연은 10시 반부터였다. 나윤선은 이 페스티벌에 나를 오게 한 이유 중 하나였다. 콘서트홀의 실내공연이 아닌 야외무대에서 그녀의 목소리는 어떨까 그것이 듣고 싶었다.

시간이 남아 있었기에 우리는 옛 가평역 앞 거리를 걸었다. 간판도 건물도 낯선 거리지만 그러나 결코 낯설 수 없는, 추억이 안개처럼 휘몰리는 거리였다. 내가 딸에게 말했다.

"가평 여기가, 엄마 아빠한테는 중요하고 특별한 곳이란다."

"뭔데요? 아빠."

"그건 갈 때 이야기하자."

춘천교육대학 1학년 때 처음 만나서 48년을 산 부부가 우리였다. 이 부부가 스무 살의 젊디젊던 그때, 둘이서 처음으로 대학 교정을 벗어나 여행 아닌 여행을 떠났던 도시가 가평이었다. 춘천에서 떠나는 막차를 타고 서울로 갔다가 서울서 내려오는 막차를 타고 춘천으로 돌아오자는 무박 무일의 여행이었다. 그렇게 해서 떠났던 첫 저녁여행에서 춘천으로 돌아갈 막차를 기다리기 위해 밤에 내렸던 반환점 그곳이 가평역이었다.

하나둘 거리의 가게들이 문을 닫으며 밤이 깊어가던 그날 그때 가평의 저녁은 쓸쓸했다. 그 나이에 거닐던 거리의 쓸쓸함 그 적요의 깊이는 둘만이 간직한 사랑의 깊이는 아니었을까. 우리 둘뿐인 플랫폼에 서서 막차를 기다리며 바라본 어둠 속의 선로 저 끝에서 파랗게 빛나고 있던 불빛을 나는 아직도 기억하지 않는가. 긴 세월을 건너온 오늘, 그 시간의 열매처럼 맺혀 있는 딸과 함께 나는 그 거리를 서성거리고 있었던 것이다. 재즈 페스티벌이 열리고 있는 거리에 옛 자취는 남아 있는 것이 없었지만.

기타와 첼로가 현란하게 어울려 춤추며 때로는 자지러지면서 공연을 끝냈을 때는 12시가 가까워져 있었다.

남한강가의 집으로 돌아가기 위해 국도로 천천히 차를 몰았다. 딸아이는 두어 번 '아빠, 졸리지 않아요?' 하고 물었을 뿐, 피곤했던지 말이 없었다. 서른을 넘겼는데도 결혼을 하지 않고 있는 딸과 재즈 페스티벌을 다녀가는 밤 깊은 길, 시간이 흐른 어느 날 오늘이 또 추억이 되겠지. 문득 그런 생각이 들었다. 그러나 나에게는 추억이 되겠지만 딸아이에게 무슨 뜻깊은 추억이 되랴 싶었다. 그런 생각을 하자니 도대체 이 아이가 크는 동안 아버지로서 해준 게 무엇인가 싶었다.

문득 작곡가 길옥윤 선생에게 자장가의 작곡을 부탁했던 일이 떠올랐다. 이제는 그때 '그 시절 길옥윤이라는 이름의 작곡가가 있었다'라고 말해야 할 그런 시대가 되었다. 작곡가 길옥윤도 세상을 떠났고, 세월이 가며 그분 또한 잊혀졌기 때문이다. '서울의 찬가'만이 아니다. 패티김이 부른 노래로나 알고 있지 '이별'이나 '1990년의 작곡가'로 그를 아는 이들이 이제 몇이나 될까.

길옥윤 선생과 몇 번의 만남을 떠올리자면 그 만남 속에 감싸인 후회가 하나 있다. 우리는, '내가 자장가 가사를 짓고 그가 작곡을 하자'는 약속을 했었다. 나로서는 작사를 새로 할 필요도 없었다. 평생 노래방을 가본 적이 몇 번밖에 없는 악성 음치인 내가 작사, 작곡으로 불러대는 자장가가 하나 있었기 때문이다.

그러나 나는 그 가사를 끝내 그에게 전해주지 못했고, 그는 세상을 떠났다. 가사 쓰기를 약속한 일을 결코 잊지 않고 있던 그는 십여 년 후 일본 도쿄에서 우연히 만났을 때도 '한 형, 자장가 가사는 언제 주실 겁니까?' 하고 물었다. 딸아이가 유치원도 들어가기 전에 한 약속을 그 딸이 고등학생이 된 그때까지도 그는 잊지 않고 있었던 것이다.

그 약속을 지켜서 아버지가 가사를 쓰고 길옥윤이 곡을 붙인 자장가 하나를 남겨주었으면 딸에게 얼마나 좋은 선물이 되었을까. 후회 아닌 후회를 하며 고개를 돌려보니 딸아이는 시트를 젖히고 잠들어 있었다.

'무언가를 후회하는 것은 그때 거기에 사랑이 있었기 때문이다'라는 말을 어느 일본 드라마에서 들은 적이 있다. 그럴지도 모르겠다. 사랑이 있었기에 뒤돌아보며 후회라는 괴로움도 남는다는 말에 나도 동의했었다.

돌이 안 된 딸아이를 데리고 내려가 3년을 살았던 제주 시절을 생각했다. 돌이켜보자면 그때처럼 많은 시간을 둘이 붙어 지낸 시절도 없었다. '한수산 필화사건'이라는 덫에 걸려 삶의 모든 의미를 내려놓고 지내던 때여서 더욱 그랬다. 제주 해변에서 돌멩이를 주워가며 얼마나 많이 소꿉장난을 했던가. 한라산 중턱의 천왕사 숲을 찾아가 하루 종일 거닐던 나날도 그때였다. 밤이 깊어가는 한라산 길을 내려와 집으로 돌아가면 오징어잡이 배의 불빛이 꿈결처럼 떠 있던 제주 앞바다는 왜 그렇게도 캄캄했던가. 너무 어렸기에 그런 날들을 딸애가 기억할 리도 없겠지만, 엄격하게 말하자면 그건 내가 딸애에게 해준 것이 아니었다. 오히려 내가 그 아이로 해서 위안을 받고 치유되던 시기였다. 그것은 그녀가 오히려 아버지에게 베풀어준 아름다운 시간이었고 평화였다.

그런 생각이 들자 눈앞이 흐려졌다. 삶이란 무엇인가. 끝내는 다 사라져야 하는 그 허무의 알갱이들이 헤드라이트가 비추는 도로에 눈발처럼 깔리고 있었다. '아버지로서의 내 생애는 얼마나 졸렬한가' 하는 비애까지 거기 덧씌워졌다.

아버지와 딸이라는 만남, 그 만남이 어떻게 우연일 수 있는가. 그러나 모든 생명의 탄생이 자신의 선택이 아니었듯이 또 자신의 선택일 수 없이 우리 모두는 죽는다. 모든 생명은 그렇게 세상을 떠난다. 사라져가야 한다. 또 하나의 생명을 만들어서 이 세상에 살다가 가게 하는 게 자식 기르기라면, 잠깐잠깐의 기쁨이야 있겠지만 이 세상을 살아야 하는, 더욱이 이 나라에서 살아야 하는 고통스런 나날이 정말로 이 아이에게 선물일 수 있는가. 이 세상을 사는 일이 그렇게도 할 만한 일이고 가치 있는 날들이었던가.

아버지와 딸이라는 관계의 끝은 또 무엇인가. 기다리는 것은 죽음과 함께 찾아오는 작별뿐, 다시는 만날 수 없는, 기다리고 기다려도 오지 않는 헤어짐 그리고 깊이를 알 수 없는 망각이다. 이 이별의 엄숙함은 얼마나 처절한가.

딸아이 또한 마찬가지다. 이 세상을 살다가 끝내는 죽어야 하게 만든, 자식을 낳는 이것이 죄가 아니고 무엇이란 말인가.

주일이 오면 미사를 드리며 살아가기는 하지만 나는 여전히 죽음의 공포에 갇혀 있는 미물의 삶을 살아간다. '이제와 우리 죽을 때에 우리 죄인을 위해 빌으소서' 하는 성모송의 기도를 간절하게 믿으며 살아간다. 그러나, 그러나 말이다. '산 이와 죽은 이를 심판하러 오시리라 믿나이다' 하며 드리는 사도신경의 기도를 믿지 못하는, 나는 얼마나 허술하기 짝이 없는 신앙의 가톨릭 신자인가.

길을 비추고 있는 헤드라이트 불빛 저편의 어둠에게 나는 묻고 또 물었다. 그렇지 않은가. 가없는 허무의 늪, 깊이를 모르는 망각의 바다로 흩어질 우리. 인생은 아름답다고 아무리 삶을 긍정한다 해도 내가 떠난 후, 그 어느 날 내 자식들도 저 죽음이라는 끝 모를 어둠의 심연으로 사라져가야 하는 것을. 이것이야말로 내가 살며 저지른 가장 큰 죄악은 아닌가. 용서받을 수 없는, 돌이킬 수는 더더욱 없는.

집으로 돌아오는 길은 밤길이었다. 보디빌딩 대회를 여는 것처럼 무리 지어 피어 있던 우악스런 코스모스들은 어둠에 가려 보이지도 않았다.

아들과 함께

아들이 태어났을 때의 몸무게가 4.2킬로그램이었다. 어쩌자고 배 속에서 애를 그렇게 키웠느냐, 제 어미를 먼저 탓해야 할 일이었지만 하여튼 일찌감치 제 어미 고생시키려고 작정을 했던지 생각보다 '어마어마하게 큰 놈'이 태어났던 것이다.

그때 미리미리 출산 준비를 하며 마련한 것 가운데 하나가 나무로 된 제법 우아하고 격조 있는 아기침대였다. 그런데 병원에서 태어나 집으로 돌아오자마자 이 녀석의 반란이 시작되었다. 할 수 있는 한 허영과 사치를 마다하지 않고 부끄러움도 없이, 돌고 돌며, 고르고 골라서 산 것이 저를 위한 아기침대였다. 그런데 어떻게 된 녀석이 잠자리로 마련한 그 침대에 눕히기만 하면 곤히 자다가도 번쩍 눈을 뜨는 게 아닌가. 그리곤 울어댄다. 오죽하면 제 어린 누이가 '애는 왜 여기선 잠을 안 자는 거지?' 하며 자기가 들어가 꼬부리고 잠을 자봤을 정도였다.

침대에서 시작된 반란은 잠으로 이어졌다. 아들 녀석이 태어나자마자 처음 얻은 별명이 '군수'였다. 군수도 그냥 군수가 아니라 '시골 군수'였다. 자는 꼬락서니가 꼭 도청에 회의가 있어서 올라온 시골 군수가 여관방에서 잠옷 입고 자는 모습이 저럴까 싶다. 무슨 녀석이 밤에는 잠을 자지 않고 내내 보채다가 낮이면 늘어지게 자는 것이다. 그것도 시골 군수 딱 그 모양새를 하고는 늘어지게 자는 것이 아닌가.

그해는 내가 《조선일보》와 《문학사상》에 장편소설 연재를 동시에 시작한 때라 하루하루가 소름이 돋게 긴장을 해야 하는 나날이 흘러가고 있었다. 새로 시작한 작품 때문에 밤을 새도 모자랄 판인데 밤새 이 군수놈을 업고 잠을 재우느라 밤을 새니, 어찌할 것인가. 낮이면 졸음이 쏟아져서 아비는 똥 마려운 강아지처럼 헤매는데 이 군수놈은 세상모르게 하고 네 활개를 벌리고 잔다. 심지어 목욕을 시키느라고 물에 넣었다 뺐다 하는데도 '쿨쿨'이다. 그리고 밤이면 새벽 두 시고, 세 시고 눈이 말똥말똥해져서 '웬수'처럼 나를 불러댔다.

세상에 나오자마자, 나와 만나자마자 관계를 그토록 악화시키던 아들 녀석이 자라서 초등학교에 가게 되었다.

책가방을 둘러멘 아침이면 학교에서 필요로 하는 준비물을 사야 한다면서 돈을 달라고 하기 마련이다. 그 무렵이었다. 아들 녀석이 3백 원을 달라고 하면 그때마다 나는 2백 원을 주면서, '나머지는 네가 어떻게 해봐, 인마. 사내자식이 험한 세상 살아가려면 그래야 하는 거야.' 어쩌고 하기 일쑤였다. 결국은 3백 원을 주면서도 그랬다. 그러나 딸아이가 3백 원을 달라면 선뜻 5백 원을 꺼내준다. '3백 원이면 돼요. 2백 원 필요 없어요' 하는 딸아이에게는 또 이렇게 읊어대곤 했다. '돈은 때때로 여자에게 품위가 된단다.'

그 아들이 자라서 드디어 고등학교를 졸업하던 날이었다. 전교생이 한자리에 모이지도 않고 각자 교실에 앉은 채 방송으로 하는, 그런 졸업식이 끝나고 우르르 몰려나와 졸업기념 사진들을 찍고 있을 때였다. 함께 갔던 처제가 내 팔을 당기며 소스라치듯 말했다.

"어머, 어머. 쟤 헤어스타일 좀 봐요."

멀리서 친구들과 어울려 대가리에, 그야말로 대가리에 후배들이 끼얹은 밀가루를 허옇게 뒤집어쓴 아들 녀석의 머리 모양을 보고 한 말이었다. 그게 베토벤의 헤어스타일보다 세 배는 더 부풀려 마구, 마구 볶아댄 그 괴상망측한 헤어스타일이 아닌가. 바로 내 아들이 요란 무쌍한 모양새를 하고 좋다고 시시덕거리고 있는 것이 아닌가. 어제 저녁은 녀석이 졸업전야라고 늦게야 집에 들어왔고 아침에는 내가 일찍 나오느라 나는 그 베토벤 머리를 볼 수가 없었던 것이다.

저 놈의 대가리와 어떻게 한집에서 함께 사나. 밤에 잠자는 저 놈의 방에 몰래 들어가 머리를 숭덩숭덩 잘라놓을까. 아니지, 전기바리캉을 하나 사서 단숨에 밀어버려야지.

바리캉을 어디서 사나 인터넷을 뒤지며 찾아보기를 며칠, 밖에 나갔다 들어오는 녀석의 머리카락이 없다. 몇 센티 길이로 이번에는 아예 잘라버렸다.

한번은 이 녀석을 붙들고 물은 적이 있었다. 이제 크면 뭘 할래? 다 큰 녀석에게 크면 뭐하겠냐고 물을 수밖에 없었던 것은, 도대체 아들 녀석으로부터 앞으로 뭘 하고 싶다는 말을 들어본 적이 없기 때문이었다. 그런데 아들이, 이 출장 온 '시골 군수'가 아주 태연하게 이러는 것이 아닌가.

"사십까지는 직장생활을 하다가 사십 넘으면 와인바나 하려고요."

'뭐 어쩌구 어째, 와인바! 와인바 사장? 이놈아. 임대료 내랴,

세금 내랴, 직원 관리하랴. 마흔에 와인바 주인이 되려고 하지 말고 와인바 손님이 될 생각을 해라. 이걸 하나밖에 없는 아들이라고 둔 내 팔자라니. 요양병원 들어갈 돈은 벌어가지고 있어야겠구나' 하는 마음이 벌써부터 무겁고 캄캄하다.

아비가 늙어가는 그만큼 자식들도 나이를 먹는다. 품 안의 자식이라는 자리를 떠나 자신들의 세계를 만들며 살아가면서 가족의 중심추도 바뀌는 것이다. 어느 날 언제부터인지 모르게 늙음이 내려앉는 나에게도 자식을 바라보는 눈길이 달라지는 때가 찾아왔다.

아들과 둘이 겪어온 엇박자의 과오는 나에게 있었다는 생각지도 못했던 자기반성도 찾아왔다. 그런 회오의 물결이 내 삶의 저 밑바닥까지를 더듬어보게 하면서 일렁거렸다.

돌아보면, 나는 아들에게 도대체 뭘 해준 게 없었다. 아무리 생각해도 함께 놀아준 시간이 없어도 너무 없었다. 베토벤보다 더 왕성한 곱슬머리를 한 번쯤 해보는 아들을, 그 시골 군수의 마음을 나는 얼마나 헤아렸던가, 생각하며 가슴이 아팠다.

어디 그뿐인가. 외국에서 오래 소년기를 보낸 자녀들이 귀국 후에 겪는 '정착 부조화'라는 게 있다. 그들이 또래집단에서 겪는 어려움이다. 특히 일본에서 소년기를 보낸 아이들은 귀국하면서 친일파라는 따돌림을 당하며 터무니없는 반일감정의 피해를 입는다. 아들은 별일 없이 그걸 잘 이겨냈었다. 나는 그 애가 저 홀로 겪어내고 있을 한국사회에 대한 적응을 염려한 적이 있기라도 했던가. 그런 것으로 인해 어려움을 겪는 주위의 귀국자 가족들을 보면서도 아들의 가슴을 헤아리기는커녕 잘 자라 준 아들을 당연한 것으로 생각했을 뿐 아니었던가.

아들이 농구를 좋아했던 건 중학생 때였다. 거실에서 성당 지붕이 보이는 가까운 거리에 살 때였다. 아들은 그 무렵 주일이면 어김없이 성당에 나갔었다. 세례를 준비하러 열심히 성당엘 나가는가 기특했는데 그게 아니었다. 그 성당의 청소년센터에서 운동을 하며, 그렇게 열심히 놀러 나간 곳이 성당이었다. 그때 그 녀석이 빠져 있던 것이 농구였다.

그런 내 사정도 모르고, 집으로 찾아왔던 한 수녀님이 '성당이 옆에 있어서 좋겠어요'라고 한 적이 있었다. 그때 내가 한 답변이 '성당이 웬수예요' 하는 막말이었다. '세례 받으러 성당에 가는 줄 알고 좋아했더니 그게 아닙니다. 농구를 하러 성당에 가요. 주일마다 하루 종일 성당에 가 있는데 그게 농구를 하러 가는 거랍니다.' 그 말을 듣던 수녀님이 은종이를 날리듯 밝게 웃으며 말했다. '다 그런 거예요. 주일학교 선생님 좋아서 오빠, 오빠 하면서 따라다니다가 수녀도 되고 그러는 거예요.'

당시 아들에게 해준 것이 있기는 했다. TV 앞에 앉아서도 프로농구, NBA 중계에 채널을 고정시키고 탄성을 질러대던 아들이었다. 그때 내가 한 일이 천장까지 가닿는 끔찍하게 큰 프로 농구선수 사진 패널을 만들어서 그 녀석 방에 달아준 것이었다. 그랬다. 그것이 아들과 나의 관계였고, 엇박자였다. 아들은 함께 농구를 하는 아버지를 원했을 텐데 나는 농구선수 사진 패널을 만들어서 걸어주는 아비였던 것이다.

어느 날 때가 와서, 아들이 결혼을 하고 자식을 낳는다면 그때, 어쩐지 서글서글할 것 같은 예감이 드는 며느리와 아들을 앉혀놓고 하고 싶은 말이 있다. '아이들이 크면 무엇을 하든 함께하거라. 함께 배낭을 메고 산에도 가고 낚시도 다니고 할 수 있었으면 많은 것을 함께해라. 함께하는 것, 그것이 사람을 키우는 일이란다. 아버지는 그걸 하지 못했다. 세상을 아름답게 하는 일을 하며 살아라. 뜻을 가지고 살아라. 그렇게 말이나 하며 나는 너희들을 길렀다. 그러나 자식 기르는 일은 말이 아니더구나. 아무리 하찮은 일이라도 함께해라. 그것이 사랑의 시작임을 너희들이 다 자란 후에야, 나는 알았단다.'

*

아들은 입대할 때 '다녀오겠습니다'라고 말하지도 않았다. 아들은 마치 광화문에 잠시 나갔다 오겠다는 것처럼 말했다.

"갔다 올게요, 그럼."

그리고 큰절을 하고 나서, 아들은 군에 입대를 했다. 소집장소까지 함께 가자는 말은 꺼내지도 못했다. 여자친구가 당연히 나올 테고 그녀의 배웅을 받고 싶을 것이기에.

아들의 턱을 바라보았다. 수염을 밀어버린 턱이 깨끗했다. 얼마 전까지 아들에게 붙여준 별명이 '이방'(吏房)이었다. 어쩌자는 것인지 아들 녀석은 콧수염도 아닌 턱수염을, 그것도 엄지손가락만 한 크기로 턱에 기르고 다녔다. 잠잘 때 '저걸 그냥 확 뽑아버려야지.' 몇 번이나 그런 생각을 했는지 모른다.

조선시대에 지방관아의 이방은 인사 문제를 담당하는 실세였다. 더구나 중앙에서 내려온 고을 원님이 실무에 어둡다 보니 이방들의 농간이 극심했었다. 그렇기 때문에, 사극에서는 늘 이 이방은 아주 간사한 캐릭터로 등장한다. '애들아, 나리께서 저놈을 매우 치라신다아아-' 하고 원님에게 아양을 떤다. 바로 이때 이방이 달고 나오는 방정맞은 염소수염을 아들 녀석이 기르고 다녔던 것이다.

턱수염도 밀어버리는 준비를 갖추고 입대하는 아들을 앉혀놓고 내가 한 말은 지극히 비애국적인 말이었다. '사회의 모든 조직이란 그 조직원이 하나가 되어 어떤 목적을 위해 움직인단다. 그리고 그 조직은 조직원을 보호하는 것을 우선으로 한다. 그러나 내가 이해하는 군대라는 조직은 조직원의 보호나 안전보다는 희생을 먼저 요구한다. 그러니 자신의 몸은 자신이 보호해야 한다.' 꽤 비장해서 이런 말을 늘어놓는 나에게 아들은 아무렇지도 않게 말했다.

"다른 애들 다 가는 군댄데요, 걱정하지 마세요."

아비로서 아무리 거룩하게 분위기를 잡아보려고 해도 그게 통하지 않았다.

'이방'을 집 앞에서 배웅하고 돌아서는 마음이, 어금니를 힘주어 물도록 아렸다. '이제 몇 년 동안 아들을 나라에 맡기는구나' 하는 실감이 왔다. 한국의 어버이는 자식을 군대에 보내야 삶이 무엇인지 아는구나 싶었다.

며칠 후, '이방'의 첫 편지가 날아왔다. 놀랍게도 거기에는 사진까지 있었다. 자신의 내무반 앞에서 훈련병 차림으로 거수경례를 하고 있는 사진이었다. 그런데 그 모습이 '이방'이 아니었다. 염소수염이 붙어 있던 얼굴이 아니었다. 주먹을 불끈 움켜쥔 모습도 국가의 간성(干城)답게 늠름했다(표정 관리가 잘 안 돼서, 어쩔 수 없이 잔뜩 겁먹은 것 같은 얼굴이었지만).

게다가 그 편지에는 부대의 중대장이 부모님들께 보내는 글이 같이 들어 있었다. 아드님을 잘 데리고 있을 테니 염려하지 마시라는 내용이었다. 훈련병들에게 인분을 먹게 하는 야만적인 일이 터져 사회문제로 들끓게 한 것이 엊그제인데, 놀랄 수밖에 없었다.

이어서 일주일 단위로 목요일이면 '이방'의 편지가 왔다. 강도 높은 훈련이 이어지고 있음도 알 수 있었다. 30킬로그램이 넘는 완전군장을 하고 긴 행군을 했던 날은, 발바닥이 벗겨지고 물집 투성이가 되었지만, 내 존재의 가벼움, 광대한 우주 속의 나, 살아간다는 일의 의미를 생각했다는 말도 적어놓고 있었다.

반가웠다. 큰 나무가 큰 집을 짓는다고 했다. 사람이라고 무엇이 다르랴. 길이가 있어야 쓰임새가 많고, 그릇이 커야 넉넉하게 담기지 않겠는가. 헛되게 지나가는, 일회용 컵처럼 쓰고 버리는 몇 년이 아니라, 군영 2년이 자기 수련의 기간이 되었으면 했다.

요즈음 '이방'의 엄마는 화요일을 기다리는 재미에 산다. 매주 화요일이면 어김없이 아들 녀석의 편지가 오고, 그것이 엄마의 기쁨이 된다. 아무리 커도 자식은 어린아이일 수밖에 없는.

오늘은 아들이 자대배치를 받는 날이다.

"이보게, 이방. 부디 몸조심하고 건강하게나."

우리들의 12월, 그날

12월 그날이 오면 춘천으로 간다. 사라져가는 한 해의 뒷모습을 향해 '잘 가, 고마웠어' 고개를 끄덕이는 연말, 그날이 오면 아내와 함께 떠나는 하루여행이다. 함께한 세월의 나이테를 더듬으며 우리들이 처음 만났던 그 거리를 걷고, 서로를 기다리던 그 역 앞에 가 서성거리고 이제는 사라진 그 찻집 부근을 오가며 옛날을 떠올린다. 그날이 우리들에게 있기에 춘천은 내 청춘의 황금연못이다.

지금처럼 고속도로가 뻗어나가지도, 구배(수평선에 대한 경사선의 기울어진 정도)를 펴며 잘 닦여진 국도 2차선이 달리던 때도 아니었다. 북한강을 따라가는 길이 꼬불꼬불 이어지던 길, 우리들의 젊은 시절 경춘국도에는 아카시아 가로수가 무성했었다. 봄날 저녁 서울에서 밤차를 타고 내려가면 떨어지는 아카시아 꽃잎들이 눈발처럼 흩날렸었다. 내 젊은 날이 찍어내는 추억의 판화다.

한 여자를 처음 만난 도시, 돌아서서 가는 그녀의 뒷모습에서 사랑을 느꼈고, 함께 피 흘리며 살았고 지금은 아내와 남편이 되어 늙어가고 있는 우리들에게 있어, 우리가 처음 만나 걸었던 그 도시는 개인사 안에서 그렇게 푸들푸들 살아 있다.

춘천으로 떠나는 시간여행은 공지천을 끼고 도시의 외곽을 도는 것으로 시작된다. 춘천역 부근을 지나자면 아내는 언제나 자신이 어린 시절을 보낸 집터를 바라보며 그 시절의 이야기를 꺼낸다. 해마다 똑같은 자리에서 똑같은 이야기를 꺼내는 아내가 신기하다.

변한 것도 같고 변하지 않은 것도 같은 서부시장을 한 바퀴 돌고, 번화가인 명동거리를 걷다가 우리가 드나들던 옛 서점 자리에 들어선 찻집으로 올라가 차를 마신다. 그리고 우리들이 처음 만난 곳, 춘천교육대학 교정을 찾아간다.

12월 그날, 대학 1학년 학기말 시험이 끝나는 날. 무슨 생각에서 우리는 만나서 술을 마시자는 약속을 했을까. 도서관 서가에서 책을 고르다가 '방학을 하면 시골집에 내려가니?' 하고 물으며 그런 약속을 했던 것이다.

그날이 오고, 시내 로터리 옆 어린이공원에서 만난 우리는 어쩐 일인지 우리는 술을 마시지 않았다. 시내에서 학교가 있는 석사동으로 걸었다. 거기서 다시 남춘천으로 또 공지천 둑길로 우리는 걷고 또 걸었다. 그런데 이상스럽게도 걷는 길마다 끝이 막혔다. 걷다 보면 길이 막히고, 돌아나가서 다른 길로 걷다 보면 또 길이 막히고.

멀리 시 외곽을 헤매다가 시내로 들어왔을 때, 12시 15분 전에 울리는 통행금지 예비 사이렌이 들려왔다. 미군부대에서 쏘아대는 레이더 불빛이 하늘을 긋기 시작했다. 이제는 없어진 통금, 12시부터 4시까지의 그 통행금지 앞에서 갈 곳이 없어진 우리는 방범대원의 호루라기 소리에 쫓기며 춘천공설운동장으로 숨어 들어갔다(그때는 모교 춘천고등학교 앞 운동장을 그렇게 불렀다). 통금을 피해 우리가 걸어 들어간 곳은 연탄불 아랫목이 따스할 여관방이 아니라, 찬바람이 오가는 공설운동장이었던 것이다. 스탠드가 있어서 그래도 차가운 밤바람을 조금은 피할 수 있으리라는 생각과 그곳을 돌아다녀도 통금을 단속하는 방범대원이 우리를 잡지는 못할 것이라는 두 가지 생각에서였다.

스탠드가 찬 겨울바람을 가려주는 운동장의 400미터 트랙을 우리는 걷고 또 걸었다. 본부석 앞을 지날 때면, 당시 여고 배드민턴 선수였던 아내는 '내가 전국체전에 나가서 이렇게 걸었다'며 으스댔고, 나는 제풀에 기가 죽었다.

강원도 춘천의 12월 하순, 그 한밤은 추워도 너무 추웠다. 새벽이 오면서 점점 추위가 옷 속으로 파고들었다. 둘 다 얼대로 얼어서 입도 떨어지지 않게 되었을 때쯤이었다. 누가 먼저인지 타협안을 냈다. 너무 추우니까 바람이 불지 않는 스탠드 구석에 가서 앉아 있자는 것이었다.

우리는 밤바람을 피해 스탠드 구석으로 갔고, 조금이라도 추위에 얼어드는 몸을 녹이려고 웅크리고 돌아앉아서 서로에게 등을 댄 채…… 통금이 풀리는 새벽 4시까지 앉아 있었다. 행여 입이 얼어붙을까 끊임없이 무언가를 이야기하면서.

새벽 4시. 새벽이 와서 통행금지가 풀리자 우리는 버스터미널로 갔다. 그 시간에 문을 여는 가게는 새벽차가 떠나는 버스터미널 쪽밖에 없었다. 국숫집을 찾아들어가 김이 솟아오르는 우동을 후후 불며 먹고 나자 어쩐지 조금 슬펐고, 그런 내 앞에서 그 여자는 무심하게 머리를 빗었다. 이제 더 갈 곳도 없이 지쳐버린 우리는 언 몸을 녹이며 가게에 앉아 있었다. 얼어붙은 겨울 새벽,

버스 터미널 앞의 국숫집, 더운 김이 뭉게뭉게 피어오르는 텅 빈 가게 안에 마주앉은 남자와 여자. 밖에서 부릉거리는 시외버스 소리. 나는 이 풍경이 첫 만남이 아니라 헤어지는 자리라면 너무 슬플 것이라는 생각을 잠깐 했었다.

밖이 희뿌옇게 밝아왔다. 가게를 나와 그녀를 집 앞까지 바래다주려고 걸었다. 그녀의 집 앞에서였다. 내가 손을 내밀었다. 악수라도 한번 하자는 것이었는데, 여자는 내 손과 얼굴을 번갈아 보더니, '뭘 그런 거까지!' 하는 그런 표정으로 '피식' 짧고 뜻 모를 웃음을 웃더니, '잘 가'라는 말도 없이 돌아서서 집으로 들어갔다.

그게 우리들의 첫 만남이었다. 지금도 그 생각을 한다. 아마 그때 여자가 내 손을 잡고, '잘 가, 즐거웠어' 어쩌고 했다면 나는 결코 그녀를 두 번 다시 만나지 않았으리라고. 어쩐지 그때 기분이 그랬다. 그렇게 해서 그녀는 '아무래도 다시 만나야 할' 특별한 무엇이 되었으리라.

그 첫 만남 이후 우리를 감싸 안아준 찻집이 하나 있었다. 서부시장 한 귀퉁이에 자리한 '시몬다방'이었다. 없는 것이 없는 재래시장 옆에 어쩌다 클래식 음악만을 트는 그런 찻집이 있을 수 있었는지 모르겠다.

'국보 몇 호인가' 하는 고려시대 석탑이 언제나 쓰레기에 둘러 싸여 서 있고, 한겨울이면 탱탱 언 동태를 쌓아놓고 팔고, 김장철이면 발 들여놓을 틈이 없이 북적대는 곳. 반찬가게가 즐비한 그 재래시장을 벗어난 길 하나 건너편에 어떻게 그런 다방이 있었는지, 지금 생각해도 이해가 되지 않는다.

목조건물 2층의 찻집 계단을 오르자면 요란하게 삐걱거리며 소리를 냈다. 나무 계단을 올라 들어서는 직사각형의 찻집 거기서 그해 겨울 내내 그녀를 만났다. 골목이 그랬고, 건물이 그랬지만, 문을 열고 들어서는 언제나 우리를 감싸 안으며 클래식 음악이 장중하게 흐르던 곳, 그 찻집에서 흐르는 LP음악만은 우리를 황홀하게 하고도 남았다.

거기서 수많은 교향곡을 들었다. 토스카니니나 발터가 지휘하는 교향곡들이었다. 바이올린 곡은 거의가 아이작 스턴의 연주였다. 피아노 음악은 루빈스타인의 연주를 주로 들었지만, 거의 빼놓지 않고 매일 듣던 것은 젊은 피아니스트 밴 클라이번이 연주한 차이콥스키의 피아노 협주곡 1번의 실황녹음 레코드였다. 음향관리도 방음장치도 없는 목조 다방에서 계단을 오르내리는 사람들의 발소리에 섞여 들었던 음악은 그렇게 우리들만의 주제곡이 되어주었다. 지금도 어쩌다 그 음악을 들리면 눈물이 핑 돌게 그 시절이 다가와 서성거린다.

음악을 들으며, 작은 목소리로 이야기를 나누다가 끝내는 무심히 성냥을 부러뜨리며 앉아 있는 것이 전부였던 시간들 속에서 서로의 편안함을 확인하며 우리는 아마 사랑이라는 것을 싹 틔웠을 것이다.

그 무렵의 춘천교육대학 교정에는, 본관으로 뻗어 있는 길 양편으로 은백양 나무가 울울창창 화사했었다. 바람이 불면 잎이 뒤집어지면서 하얗게 나부끼던 그 은백양 길을 걸으며 조금씩 사랑을 시작했다. 가을이 깊어가면서 나뭇잎이 떨어져 쌓이면 그 낙엽 위에 나란히 누워 하늘을 바라보며 사랑을 키워갔다.

그리고 많은 시간이 흘러, 그 여자는 내 평생의 반려가 되었고, 내 아이들의 엄마가 되어주었다. 술을 마시기로 한 약속을 뒤로 한 채, 차가운 스탠드에 앉아 밤바람을 맞으며 추위를 이기기 위해 등을 맞대고 앉았던 두 사람은 세월이 흘러서야 술친구가 되었다. 함께 사는 부부가 되어서였다. 집에 술친구를 들여앉히고 사는지 모르는 사람들은 내가 집에서 술을 마신다면 '누구랑 마셔? 혼자서?' 하며 놀란다.

시몬다방에서 처음으로 쓰디쓴 커피를 마셨다. 결코 차가 아니라 자릿값으로 마신 커피였다. 시몬다방에서 그렇게 만난 차와 그렇게 만난 음악들이었다. 되돌아보자면, 차와 음악 속에서 사랑을 시작했다. 그때 들었던 음악이 나이테가 되어 자라고 그때 마신 차의 기억이 향기로운 차를 찾게 되었다. 차와 음악이 낯설지 않은 생활이 이어지면서 이제는 차와 음악이 내 삶이라는 건축물의 창문처럼 없어서는 안 되는 생명의 환기구가 되어주었던 것이다. 일 년 가까이 어느 FM 음악방송의 진행을 맡았던 것도 저 아득한 시절 시몬다방이 뿌린 씨앗이 날아와 피어올린 풀잎, 어처구니없는 만용은 아니었을까.

이 겨울, 12월의 그날 아내와 나는 또 춘천에 있었다. 그리운 이름 '서울서점'이 있던 명동거리에는 '겨울연가'의 표지판이 서고 배우 최지우와 배용준의 얼굴 밑으로 '후유노 소나타(冬のソナタ)'라는 일본말이 적혀 있었다. 우리가 늘 가서 죽치고 앉아 있던 분식집과 그 분식집이 있던 요선동은 어둡고 칙칙하게 불경기를 견뎌내고 있었고, 아내의 집이 있던 동네는 어쩌면 이럴 수 있을까 싶게 하나도 변하지 않고 그 시절 그대로였다. 우리가 결혼을 한 소양로성당까지 우리는 그렇게 추억을 밟으며 걸었다. 그리고 우리들 사랑의 못자리 춘천고등학교 앞 운동장으로 향했다.

안으로 들어서던 아내가 중얼거렸다. '이럴 줄 알았으면 사진이라도 찍어둘걸.'

우리가 등을 대고 앉아 밤을 새웠던 그 스탠드도, 전국체전에 나갔던 걸 자랑하던 그 본부석 건물도 다 헐려 없어지고 운동장에서는 새롭게 공사가 한창이었다. 옛 모습이 사라진 운동장을 바라보며 우리는 망연히 서 있었다.

스탠드도 사라지고 운동장이 변해도 우리들 추억의 황금연못은 사랑이라는 이름으로 현재진행형이리라. 여기에 와 서면 청춘의 물결은 햇살을 받아 반짝이며 찬란하게 부서진다. 내 젊은 날이여. 무엇이 그다지도 서러웠던가. 무엇이 있어 그렇게도 가슴을 후벼 팠던가.

지난 한 해여 잘 가. 그렇게 손을 흔들며 우리는 12월의 그날이 오면 다시 춘천에 서서 한 해를 보내리라. 다시 오는 한 해여. 어서 오렴. 우리 함께 고요히 늙어가리라. 그렇게 스스로에게 속삭이겠지만 그러나 내 가슴속의 춘천은 그것을 허락하지 않으리라는 것을 안다. 영원히 청춘이어야 한다고, 하루하루가 청춘이어야 한다고 춘천은 그렇게 우리들의 어깨를 두드리리라.

나의 첫 강아지, 봉봉이

초등학교 5학년 겨울이었다.

옆자리의 친구가 속삭이지 않는가. '우리 집 개가 새끼 낳았거든. 너 강아지 한 마리 줄게, 가져갈래?'

처음으로 내 강아지를 기르게 되었을 그때를 나는 왜 이렇게도 선명하게 기억하는지 모르겠다. 입 안이 마르게 기다리던 그날, 강아지가 젖을 떼는 날이 왔다. 치악산 가까운 산골 마을의 산과 들에는 발목이 빠지게 내린 눈이 녹지 않고 쌓여 있었다. 한겨울의 칼바람에 서슬 푸르게 눈가루가 휘날리는 밭둑길을 걸어서 친구네 집으로 강아지를 가지러 갔다.

강아지를 받아서 데리고 오던 길에도 차가운 눈가루가 바람에 날렸다. 먼저, 추위로 몸을 떠는 강아지를 내 목도리를 풀어 감싸고 털모자를 벗어서 덮어주었다. 그것도 모자라 품 안에 집어넣은 후, 눈을 질끈 감은 채 깊이 허리를 굽히고 집까지 걸었던 기억이 어제처럼 떠오른다. 속옷 사이로 전해오던 강아지의 그 작고 따스했던 한 덩어리의 체온도.

그 무렵 읽은 동화 속에 나오던 강아지의 이름을 따 '베스'라고 이름 붙인 그 강아지는 흔히 말하는 시골 똥개였지만, 우리는 참 열심히 길렀고 보살폈다. 어찌나 먹던지 봄이 되었을 때는 '이게 강아지야, 맹꽁이야' 하는 소리를 들을 정도로 살이 쪘다.

맹꽁이는 혼자서 맹꽁맹꽁하고 우는 게 아니다. 한 놈이 '맹' 하고 울면 어딘가에서 다른 놈이 '꽁' 하고 운다(이토록 신비한 맹꽁이의 생태를 아는 어린이가 대한민국에 몇 명이나 있을까). 그때 초등학교 교사였던 아버지는 학교 관사에서 살았는데, 비 오는 날이면 그 관사 주변에는 맹꽁이가 참 우글거릴 정도로 수두룩했다. 그 맹맹, 꽁꽁하는 소리가 산울림처럼 빈 학교 건물에 부딪쳤다가 돌아올 때면 세상이 온통 맹꽁이들의 나라였다.

이 맹꽁이가 참으로 맹하다. 막대기를 들고 등을 톡톡 두드리면 튀어 달아나기는커녕 몸이 점점 둥그렇게 부풀어 오르면서 공처럼 동그랗게 변한다. 너무 먹어서 배가 튀어나온 내 강아지가 위에서 내려다보면 마치 맹꽁이처럼 둥그렇게 되어 있었던 것이다. 논을 가로질러 냇가로 낚시를 가는 나를 따라와 자갈밭에 앉아 멍하니 앞산을 바라보곤 하면서 베스는 그렇게 친구가 되어갔다.

겨울방학이 오고, 할아버지 댁에 가 있던 나는 아버지가 보낸 한 통의 편지를 받았다. 내 강아지 베스가 죽었다는 것이었다. 이웃집에서 놓은 쥐약이 원인이었다. 베스가 죽었다는 편지를 받고 할아버지의 너와집 뒤 사과나무 아래 쭈그리고 앉아 나는 추위에 떨며 흐느껴 울었다.

되돌아보자면, 아버지도 참 이상한(?) 사람이었다는 생각을 안 할 수가 없다. 방학을 맞아 할아버지 댁에 가 있는 초등학교 6학년 아들에게 '네 강아지가 죽었다'는 비보를 적어서 굳이 편지까지 보낼 건 뭐란 말인가. 어린 시절에 만났던 개에 대한 추억은 그렇게 짧고 슬프게 남았다.

지난해였다. 직장생활을 하는 딸아이가 강아지를 기르겠다고 나섰다.

"뭐, 집 안에서 개를 기르겠다구? 안 돼. 여기는 사람이 사는 곳이고 개는 밖에서 사는 거야!"

"쪼그만 강아지? 그런 거 기르는 게 바로 결혼 안 하는 여자들 증후군이래. 절대 안 돼. 결혼하려면 길러."

딸에게 별 협박을 다 했지만 결국 딸아이는 친구에게서 강아지 한 마리를 가지고 오게 되었다. 태어났을 때부터 데려오겠다고 조르던 강아지였던지라 우리 집으로 왔을 때는 여섯 달이 지나 있었다.

가지고 온 강아지가 흔히 못 보던 모양새를 하고 있기에, '이게 무슨 종자냐?' 하고 물었다. 포메라니안이라는 것이었다. 잘 정리된 털이 실로 귀족적이어서 마치 목에 밍크 숄을 두른 것처럼 보였다.

조깅을 시작하려면 신발이나 러닝셔츠보다 먼저 달리기에 관한 책부터 사는 게 나다. 손바닥만 한, 마당을 정리하기로 하면서도 책부터 산다. 이름하여 '이상적인 정원 가꾸기' 같은 외국서적이다. 그러니 내 마당과 외국 정원의 간극이 극복될 리가 없다. 버릇치고는 참 한심하기 짝이 없는, 작태에 가깝다. 강아지라고 다를 리가 없었다. 책을 사서 살펴보니, '오호 요놈이 좀 길러볼 만한 강아지구나' 싶었다.

게다가 어이없게도 이 강아지는 이미 영어 한마디를 알아들었다. 집을 하우스라고 가르쳐놓아서, '하우스!' 하고 소리치면 제 집으로 들어갈 줄을 알았다. 외국어를 하는 강아지가 왔다 이거였다. 나는 내친김이다 싶어서 '오이시이'(おいしい. 맛있다)라는 일본어 한마디를 더 가르쳐, '오이시이!' 하면 제 밥통으로

뛰어가도록 만들어놓았다. 그리곤 한 단계를 더 업그레이드해서, '오이시이' 하면 체중계 위로 올라가 몸무게를 잰 후에야 밥그릇으로 뛰어가도록 만들었다. 세상에 이럴 수가. 체중계에 제 발로 올라가 몸무게를 재는 강아지를 기르게 되었던 것이다. 게다가 3개 국어를 하는 강아지를 기르다니. 밝은 성격이라 이름도 즐겁다는 뜻을 가진 프랑스어 봉(bon)을 붙여 봉봉이라고 지어주었다.

책을 보니, 포메라니안의 특성이 환경 변화에 민감하고 지성이 풍부한 개라는 것이다. 웃겨! 개 주제에 지성이 있으면 얼마나 있으랴. 게다가 환경 변화에 지독히 민감해서 주인과 떨어져 있으면 '분리불안'에 시달린다나. 어쨌든 바보는 치료할 약이 없다고 하지 않는가. 사람이든 강아지든 '멍 때린 얼굴'은 참을 수가 없기에 '지성이 풍부하다'는 말에 그만 흘려버렸다.

두 살을 넘긴 녀석은 족집게 과외를 시킨 것도 아닌데 그럭저럭 우리말을 알아듣게 되었다. '앉아', '이리 와' 수준이 아니다. '여기서 기다려', '이제 그만해' 정도는 물론 '너 100그램이나 살쪘어. 이 뚱땡아.' 이 정도는 알아듣고 표정을 일그러뜨리며 의사소통이 된다.

중형 스피츠를 작게 개량해서 만들어낸 품종이 포메라니안이다. 17세기 이후 유럽의 왕족들이 키우기 시작했고 특히 빅토

리아 여왕이 좋아하면서 급격히 소형화가 이루어진 강아지다. 1912년에 타이타닉호가 침몰할 때 세 마리의 개가 구명보트를 타고 목숨을 건지는데 이때 살아남은 개 가운데 두 마리가 포메라니안이었다는 이야기도 전해진다.

개 한 마리를 소형화시키는 데는 30세대가 가야 한다고 알고 있다. 태어나는 강아지 가운데 가장 열등한 것을 골라 그들끼리 새끼를 낳게 하고 그 새끼들 가운데서 또 가장 열등한 지질이를 골라 지질이들끼리 새끼를 낳게 하는 일을 거듭해서 드디어 작은 강아지를 만들어낸다는 것이다. 30세대 이상, 대대손손 열등한 지질이들이 계속되면서 탄생한 것이 작은 품종의 강아지들이라니, 생각하면 얼마나 잔혹한 일인가.

올봄이었다. 딸아이가 직장 때문에 집 밖에서 혼자 살게 되면서 봉봉이가 그만 덜컥 내 차지가 되어버렸다. 주인이 직장에 나간 빈집을 봉봉이 혼자 하루 종일 지키게 할 수는 없어서였다.

이 봉봉이가 '고변'(孤便)이라고 내가 이름 붙인 짓거리를 하기 시작했다. 고변이란 '외로워서 싸는 똥'이라고 내가 지어낸 엉터리 말이다. 하루쯤 저 혼자 남겨두고 집을 비우면 하는 짓거리다. 어김없이 화장실 앞 깔판이나 거실 한복판에 한 덩어리의 실례를 저질러놓는다. 늘어나는 체중을 줄이느라 다이어트를 시킬 때였다. 문이 열린 틈을 타서 쏜살같이 내 서재로 달려간 봉봉이는 컴퓨터 책상 밑에 정확하게 똥 한 덩어리를 갈겨놓기까지 했다. 자신을 배고프게 하는 나를 향해 빼든 복수의 일격이었다.

'고변'이라는 이 똥 싸기를 계속하던 날 봉봉이를 앉혀놓고 말했다. '우리가 함께 사는 사이라는 건 너도 알지? 그렇다면 서로 잘 하며 지내야 하는 거 아니냐. 그런데, 외롭다고, 화난다고 그것도 내 가장 중요한 컴퓨터 밑에 똥이나 한 덩이씩 갈겨대서야 어떻게 너랑 같이 살 수가 있겠니. 너 유기견이 뭔지 알아? 싫으면 헤어져서 유기견이 되는 길밖에 없어.' 어쩌고 하며 앉아 있자니, 이 일을 어쩔 것인가. 앞발을 가지런히 포개고 앉아 듣고 있던 녀석의 눈에 눈물이 가득 차 흘러넘칠 듯이 그렁그렁하지 않은가.

요즈음도 내가 하루쯤 집을 비워서 혼자 있게 되는 날은 어김없이 이 고변을 저지른다. 정확하게 변을 가리는 녀석이라, 의도적으로 내지르는 행위라는 걸 알기에 이제는 크게 야단을 치지도 않는다.

'이놈이 또 똥 쌌잖아.' 한마디만 혼자 중얼거려도 녀석은 어느새 제 집에 들어가 고개를 처박고 '자숙 모드'에 들어간다. 이 모습을 보고 있자면 '사람이 참 개만도 못하구나' 하는 생각을 안 할 수가 없다. 강아지도 염치가 있거늘. 그래서 제 잘못을 알고 스스로 자숙의 시간을 갖거늘, 사람들의 저 끝을 모르는 탐욕이라니. 물욕이나 색욕은 그 자신을 망치는 데서 끝날 수도 있지만 권력에 대한 탐욕은 나라를 거덜내며 국민을 절망으로 몰아넣는다.

장애를 안고 태어나 서너 살을 넘기지 못하고 세상을 떠나야 하는 어린아이를 길러야 했던 어머니, 아버지가 어느 방송 프로그램에서 나누는 이야기를 들은 적이 있다.

아이를 저 세상으로 떠나보낸 후에야 알게 되었다고 했다. '이 세상에서 짧은 생애를 살다 가야 할 부족하고 아픈 아이를 잘 돌봐줄 사람이 누구일까, 하느님께서 찾다가 저에게 맡기셨던 거라고 믿게 되었답니다.' 속삭이듯 낮은 목소리로 그렇게 말하는 부모들을 보면서 '아하, 그렇구나. 아하, 그런 거였구나' 하고 나도 가슴이 저렸었다.

무엇을 기른다는 것처럼 귀중한 일이 또 있을까. 나무를 기르고 꽃을 기르고 땅을 경작하는 일만이 아니다. 생명을 가꾸는 모든 일이 그렇지 않은가. 살아 있는 것을 살아 있게 하는 것보다 더 귀한 일이 이 땅 위에 무엇이 있겠는가. 사람이 태어나서 살며, 하고 가는 일 가운데 무엇을 기르는 것처럼 가치 있는 일은 없다고 늘 믿어오지 않았던가.

살아 있는 것들의 귀중함을 내게 가르치는 봉봉이다. 안 할 말로, 이 녀석에게는 내가 하느님이 아닌가. 한 생명을 책임지다니. 봉봉이는 내가 줘야 먹을 수 있고, 내가 데리고 나가야 골목길이라도 들뛰며 걸을 수가 있다. 이 글을 쓰는 지금도 봉봉이는 내 책상 밑, 발치 옆에 엎드려 열심히 앞발에 침을 묻히며 핥고 있다. 이렇게 잘 닦여진 앞발로 봉봉이는 잠들기 전에 그리고 자고 일어나서도 꽤 오랜 시간 반드시 얼굴을 닦는다. 주제에, 얼굴을 가꾸다니! 그래서 늘 얼굴이 깨끗하다.

봉봉이로 하여 오늘도 내 하루의 비늘 하나가 아름답다.

달이 뜨면 가리라

아파트 14층 계단을 걸어서 아니 뛰어서 올라가 본 건 그게 처음이었다. 그리고 마지막이었다. 그 후 나는 한 번도 14층이나 되는 높이를 걸어서 올라가 본 적이 없다.

처음 집을 사게 되었을 때였다. 내가 번 돈으로 집을 사다니! '글 쓰는 자의 가난'을 스스로 선택해 소설가가 되었기에, 내 집을 갖게 되리라는 확신이 없는 삶을 살았기에 더 감격적이었는지도 모르겠다. 글을 써서 집을 사다니! 감격은 그것이 아니었다. 내가 집을 사다니! 하는 나 자신에 대한 감격이었다.

아파트 잔금을 치르고 난 날 나는 분양사무실을 나와 내가 산 그 아파트를 찾아갔다. 골조는 세워졌지만 내부공사가 아직 시작도 되지 않은 아파트는 거대한 시멘트 덩어리였다. 그러나 내 마음속에서 그것은 시멘트 덩어리가 아닌 황금의 기둥으로 번쩍이고 있었다. 그 아파트의 14층을 나는 뛰어서 올라갔다. 세상의 그 무엇도 두렵지 않았다. 집 하나가 세상 전체의 크기로 다가오는 순간이었다.

그리고 그 첫 집에서 첫 아이인 딸을 맞았다. 내 집을 처음 갖게 되었을 때와 첫 아이인 딸을 얻은 게 거의 같은 때였다.

집과 아이를 동시에 얻게 되었던 그 무렵, 아파트의 부엌에 앉아 바라보는 남산과 한강의 밤은 아름다웠다. 그 집에서 나는 꿈처럼 나에게로 찾아온 딸을 길렀다. 내 생애에 가장 평화가 가득했던 때로 기억되는 시절이다. 비로소 나는 한 남자로서 집과 가족을 얻었던 것이다.

대가족의 와해와 가부장제의 몰락, 극심한 사회, 경제적 혼란과 빠른 도시화와 농촌 그리고 계층 사이의 이동을 경험해야 했던 '우리 시대의 남자들'에게 있어 가족은 자신의 성공을 가늠해 보는 잣대이면서 때로는 희망의 돛이고 절망의 갱생원이었다. 자식의 성공이 자신의 성공으로 환치되는가 하면, 어려운 고비를 맞은 아버지들은 아내와 자식이라는 가족으로 해서 다시 일어설 수 있었고, 힘을 얻을 수 있었다. 요즈음은 그런 미덕도 인간성도 사라져가지만 적어도 내 시대의 한국여성은 남편이 파산을 했다고 이혼을 하는 여자들이 아니었다. 콩나물장수를 나서든 파출부를 나가든 내가 할 테니 '당신은 일어서라' 품어주고 소리쳐주던 여자들이었다. 그랬기에 사업에 실패했던 친구는 있어도, 사업에 실패했다고 남편을 버리고 이혼을 한 친구의 부인은 나에게 없다.

집은 대다수의 남자들에게, 작지만 자신의 사회적 성공을 확인하는 실체이기도 했다. 내 집을 가질 때 비로소 사회적 안정을 이루었다고 느꼈다. 단순한 자산이 아니었다. 이때 비로소 집은 그의 의식 속에서 가정이 되었다. 가족의 보금자리로서의 집이야말로 자신의 이마에 소금을 절이며 이룩해낸 가장 확신에 찬 노동의 결과물이었다. 그렇게 내 주변의 많은 남자들은 가정을 이루고, 집을 마련하고 나면 그때부터 부모의 산소를 옮기거나 새롭게 단장을 했다. 그렇게 해서 사람 구실을 하는 것이다.

자신의 집을 마련한 후 제일 먼저 사 가지고 들어간 것이 태극기였던 남자들의 심정은 무엇이었을까. 얼마나 많은 세월 셋집에 살면서, 자신도 집을 사서 국경일이면 대문 앞에 태극기를 꽂아보는 날을 그는 얼마나 오래 꿈꾸었을까. 이건 차라리 비원에 가까웠다. 셋집의 설움, 불어나는 적금통장을 매만지던 나날들의 절절한 아픔이 태극기 하나에 핏빛으로 영그는 것이다(아파트가 주택의 주류를 이루면서 태극기를 다는 가장의 기쁨조차 사라져버린, 이것 또한 서글프기까지 한 오늘 우리의 모습이다).

한달음에 뛰어올라갔던 14층에 자리한 나의 첫 집, 그 아파트에서 나는 겨우 1년 남짓을 살았다. 집에서 글을 쓰는 나로서는 하루 종일 아파트에 갇혀 산다는 것을 견딜 수가 없었다. 거기서 제주도로 떠났고, 제주에서 3년을 산 후 서울로 올라오면서 바로 흔히 말하는 '땅집', 단독주택으로 이사를 했다. 그 두 번째 내 집에서 나는 18년을 살았다. 거기서 아들이 태어났고 딸은 대학생이 되었다.

정원이 있는 집으로 이사를 한 후 내가 꿈꾸었던 것은 세 자릿수의 장미를 기르는 것이었다. 그것이 내가 만들고 싶은 '내 집'(house)과 '우리 집'(family)이었다. 그 상징으로 나는 세 자리 숫자의 장미. 백 그루가 넘는 장미를 기르고 싶었다. 새로운 장미의 종을 만들어내면 사람들은 그 꽃에 유명 여배우나 소프라노의 이름을 붙여준다. 가능한 종류가 다른 백 그루가 넘는 장미, '비비안 리'라는 이름의 장미도 있고 '잉그리드 버그먼' 장미도 있는 장미밭을 가지고 싶었던 것이다.

그때의 꿈은 그랬다. 아침이면 이슬이 내린 그 장미를 꺾어서 집 안에 꽂고 나면 대문 앞에 조그마한 탁자를 마련해놓고 나머지 십여 송이를 거기 놓아두는 것이었다. 우리 집 앞을 지나 출근을 하는 누군가가 가져가 싱그러운 아침을 맞기를 바라면서.

그러나 그 꿈을 이루기에는 마당의 땅이 워낙 안 좋은 데다가 백 그루가 넘는 장미가 자라기에는 채광이 부족했다. 결국 겨우 서로 다른 종류의 서른 그루가 넘는 장미를 기르는 것에서 나의 꿈은 멈출 수밖에 없었다.

그 무렵 아침이면 늘 장미를 꺾어 아이들 방에 그리고 아침 식탁에 꽂곤 했었다. 그리고는 실로 간절한 마음으로 가족의 눈치를 살폈다. 누가 그 향기를 맡나. 누가 어떤 꽃을 좋아하나(그래도 어쩌다 탄성을 지르는 것은 아내였고, 도대체 아비가 꽂아놓는 장미에 단 한 번도 반응을 보이지 않기는 아들 녀석이었다. 네 이놈아, 나는 아직도 그 일을 잊지 못한다).

우리 집에는 흔히 말하는 안방이 없었다. 아내에게는 자개장롱이 은은하게 빛을 내는 여자의 공간, 그 안방이 없었다. 이유는 단순하다. 나는 내 집의 서재가 아닌 곳에서는 글을 써본 적이 거의 없다. 글을 쓰기 위해 집 밖에 따로 사무실을 마련하거나 호텔이나 절간 같은 곳을 찾아가는 작가들이 주위에는 있었다. 그러나 나는 그런 낯선 환경에서 글을 쓰지 못한다. 그러다 보니, 어떤 집으로 이사를 하든 그 집의 제일 큰 방은 언제나 내 차지였다. 그곳이 서재가 되기 때문이다.

그러나 그것도 세월과 함께 흘러가면서 때가 왔다. 딸아이가 어느덧 대학생이 되었을 때였다. 어느 날 아내가 말했다.

"당신, 서재 좀 빼요."

방을 빼라니. 내 방을 빼라니. 그럼 나는 저 책과 자료를 가지고 어디로 가란 말인가. 어이없어하는 나와는 달리 아내의 목소리는 담담했다.

"이제 저 애가 이 집에서 얼마나 살겠어요? 졸업을 하면 유학을 가든 결혼을 하든 집을 나갈 텐데, 있는 날까지라도 좀 편하게 살게 합시다."

그 말은 이미 헤어짐을 준비하고 있었다. 딸과의 이별이라니. 나는 그때까지 미처 생각도 못했던 말이었다. 그렇게 해서 딸은 초등학생 때부터 고3의 입시지옥까지를 살아낸 작은 방에서 나와 그 집에서 제일 큰 방인 내 서재로 입성했고, 나는 기꺼이 집에서 가까운 오피스텔로 책을 싸 들고 쫓겨나야 했다. 기쁘게 받아들인 추방이었다. 제일 큰 방이 언제나 내 방이었던 시대는 그렇게 끝이 났다. 오피스텔을 전전하던 내 서재는 남한강가에 작업실을 하나 마련하면서 긴 유랑을 끝냈다. 일하는 집, 사는 집. 어떻게 보면 집이 두 채가 된 셈이다. 강가의 집에 '영하당'이라고 이름을 붙였다. 창밖으로 멀리에서부터 강물이 흘러들고 있어서 지은 이름이었다.

그런데 아이들은 이 집에 오려하지 않는다. 늙은 아비는 나무와 산으로 둘러싸이고 강이 흐르는 이 집, 아침을 새소리와 햇살 속에 맞이하는 이 작업실을 좋아하지만, 아들의 표현에 의하면 '하루에 버스가 세 번밖에 지나가지 않는 시골집'이라고 비하되는 이 집을 그들이 좋아할 리가 없다.

언젠가 저들이 결혼을 하고 나면, 글을 쓰며 마당의 꽃을 가꾸고 있을 이곳으로 손자들을 데리고 찾아오리라. 그런 생각을 하며 문득 하나의 말을 떠올린다. '이제 사과나무를 심어야 할 때로구나. 그때 찾아올 손자들을 위해 앵두나무든 대추나무든 무언가 과일나무를 심어야 하지 않을까, 그런 마음이 드는 것이다. 그래도 여기서 승용차로 삼십여 분이면 스키장이 있으니까, 손자 녀석들이 커서 스키를 탈 때가 되면 오지 말라고 해도 오겠구나. 결혼조차 하지 않고 있는 아들딸인데 태어나지도 않은 그 손자들을 생각해서 사과나무를 심겠다니. 아, 노인은 이렇게 늙어가는구나.' 새삼스럽게 세월의 허망함이 사무쳐서 아프다. 고개를 끄덕이며 먼 강물을 바라본다. 오늘의 이것이 내 평생에 아로새겨져 있는 집과 가족의 진정한 의미인지도 모른다고.

앙상하게 뼈대만이 서 있던 아파트, 내 집이 들어설 14층까지를 한달음에 뛰어올라 갔던 그때를 떠올린다. '이런 게 사람 사는 건가 보다' 생각하면서 올라가기는 했다. 그러나 그곳이 골조만 서 있는 시멘트 덩어리가 아니라 황금의 기둥으로 번쩍이고 있었다 해도 시멘트 바닥 거실에 서서 한강을 내려다보던 그때의 기분은 어쩐지 무거웠고 밝지만은 않았다. '휴지처럼 내 삶이 구겨지기 시작하는구나' 하는 그런 느낌이었다.

'인세'라는 독자들의 사랑으로 내 집을 마련했던 그때 나에게도 하나의 매듭이 묶이고 있었다. 팔도 다리도 날개도 없이 뱀처럼 온몸으로 자신의 시대를 꿈틀거리며 기어나가야 하는 작가의 길, 내가 선택한 길에는 뒤로 물러설 한걸음이 없었다. 절벽 끝에 서 있는 것 같은 마음가짐으로 오직 작품으로 독자와 만나며 살아야 하는 전업 작가의 길로 들어서던, 엄중한 시기였기 때문이다.

나를 둘러싸고 있던 사회는 어떠했던가, 최소한의 인간적인 삶을 호소하는 목소리조차 가혹하게 봉쇄되던 노동운동의 새벽, 여공들이 기숙사에서 뛰어내리다 죽고, 강제연행에 맞서 웃옷을 벗어던지며 서로를 부둥켜안던 시절이었다. 나는 그때를 '달이 뜨면 가리라' 하는 말로 표현한 적이 있었다. 달 밝은 밤에 가자는 낙관이 아니었다. '지금은 너무 어두우니 달이라도 뜨면 가리라' 하는 비원의 희망이었다.

문득 그 말이 잊히지 않고 남아서 떠오른다. 집 그것 또한 나
에게는 '달이 뜨면 가리라.' 약속하던 슬픈 희망은 아니었을까.

3

사랑의 기억으로

고맙습니다, 독자여

선생님이 겪어야 했던 고통이나 아픔과 함께한다는 마음에서 제가 할 수 있는 작은 일들은, SK주유소에서 기름을 넣지 않고, 애경유지의 식용유를 쓰지 않는 것이었습니다. 애독자로서 작가에게 할 수 있는 일이라고 생각했습니다.

내가 겪어야 했던 고절(苦節)의 시절, 세칭 '한수산 필화사건'. 국군보안사에 끌려가 겪어야 했던 고문, 그로 인한 절필 끝에 몇 년이 흐른 후 창작집이 나왔을 때였다. '다시 글을 쓸 수 있게 되셨다니. 선생님, 저도 기쁩니다' 하는 말과 함께 보내온 이름 모를 독자의 편지였다. 편지라고 하지만, 부산에 사시는 독자의 그 편지는 손으로 쓴 것이 아니라 목소리로 녹음한 테이프였다. 목소리로 느껴지는 나이가 서른은 넘었고 마흔은 안 된 듯싶었다.

그 독자가 말하는 SK는 고문사건 때 국군보안사 사령관이었던 노태우와 사돈 관계의 기업이었고 애경유지는 당시 반정부 학생시위에 마구잡이로 뿌려대던 최루탄을 만들던 기업이었다. 군사정권에 고통을 당한 작가를 위해 그 군사정권에 유착된 기업의 물건을 쓰지 않는다는 독자, 나는 행복한 작가였다. 그런 분들이 내 독자였기에 나는 그 누구보다 행복한 작가였다.

문학강연에서 특히 장편소설 『군함도』를 주제로 사용하는 내 파워포인트 자료에는 독자에게 감사를 전하는 화면이 있다. 강연 마지막에 인사를 드리며 '독자의 사랑 속에서 작가는 필화사건의 고통을 뚫고 마침내 작품으로 살아남았습니다. 이 땅에 태어나 작가가 되어 독자 여러분의 아름다운 성원에 기쁨 가득한 감사를 드립니다'라는 화면이다.

1988년 9월, 결국은 4년 동안이나 몸담아 살게 되는 일본으로 떠나고 얼마가 지났을 때였다. 《중앙일보》는 '작가 한수산 일본으로 이민'이라는 기사를 낸다. 그건 명백한 오보였다. 나는 이민이 아니라 체류비자를 받아 일본으로 떠났고, 그때 내 여권 속의 사진은 양쪽에 아이들을 놓고 셋이 찍은 것이었다. 오죽하면, 허물없이 지내던 여행사 사장이 항공권을 끊어주다가 그 사진을 보고는 '이건 또 뭐야. 캥거루도 아니고……' 하며 실소를 했으랴.

언론의 속성이 그렇듯이, 그 기사가 나가자마자 7년 동안 권력의 눈치를 보며 단 한 줄의 보도도 없었던 언론에서 '작가 한수산, 조국을 떠나다'라는 기사가 경쟁적으로 이어졌다. 어느 신문은 고정 칼럼에서 다루기까지 했다. 내용은 한결같았다. '우리는 한 사람의 작가를 잃었다'는 것이었다. 세계의 어떤 문인도 조국을 떠나서는 글을 쓰지 못했다면서 소련에서 미국으로 망명했던 솔제니친이 3년 동안 아무 글도 쓰지 못했다는 사례를 들기까지 했다.

처음 가족을 끌고 일본의 나리타 공항에 도착한 저녁, 저렇게도 붉은색 노을이 있나 싶게 나리타 서쪽 하늘은 불타듯 진홍빛이었다. '그냥 그렇게 살다 가지는 않으리라.' 이를 악물고 다짐하며 바라보던 노을이기에 그래서 더 잊지 못한다.

뒤돌아보고 싶지 않은 날들이지만 그때가 내 삶에 찾아온 또하나의 전기였다. 수많은 매체에서 서울과 일본으로 알음알음 취재 요청을 해왔다. 심지어는 잘 아는 재일교포를 내 집으로 보내면서까지 인터뷰 요청이 들어왔다. 모두 거절하면서 한 말은

단 하나였다. '나는 내 나라를 떠나서 내 조국의 허물을 이야기하는 작가가 아니다.'

이 오보와 수많은 인터뷰 요청을 거절한 후, 놀라운 반전을 만들어낸 분들이 내 독자였다. 작가 한수산이 조국을 떠나 이민을 갔다는 보도가 이어지면서, 먼지 낀 채 서점 어느 구석에 처박혀 있었을 책까지 팔려나가기 시작했다. '고문까지 받으며 짓밟히다, 끝내 나라를 떠나다니.' 그렇게 생각했던 것일까. 독자들은 내 책을 사며 함께 아파하고 기억하며 나를 간직해주셨다.

그 경제적 도움으로 나는 4년을 일본에서 살았다. 독자들의 그토록 가슴 저린 성원이 없었다면 불가능했을 일이었다. 아내와 나는 일본에서의 체재가 길어지거나 다른 나라로 옮겨가야 하는 경우라면 서울에 남겨둔 집을 판다는 각오였다. 나는 글을 쓰지 못하고 있었기에 그랬고 그때만 해도 일본의 물가가 우리와는 비교할 수 없이 비쌌기에 더욱 그랬다.

여름이면 백화점마다 실시하는 겨울옷 세일에서 싼 값으로 옷을 샀고, 백화점 슈퍼마켓이 끝나갈 무렵이면 30~50퍼센트까지 할인해서 파는 물건을 사기 위해 30분쯤 미리 가서 사야 할 생선이나 고기를 골라두곤 했었다. 그때마다 독자들에 대한 고마움을 잊지 않으면서.

한국에서 오는 친구들이나 출판사 대표들을 안내하며 지하철을 타러가는 나에게 '택시 타, 택시!' 하고 그들이 소리칠 때마다 가슴이 덜컥덜컥 내려앉으면서 살았다. 3백 엔이면 갈 곳을 3천 엔을 주고 간단 말인가. 그때마다 내 등 뒤에서 눈을 부릅뜨고 지켜보고 있을 것만 같은 독자를 잊지 않았다.

『군함도』 취재를 위해 나가사키에 갈 때는 오카 목사님이 언제나 수학여행에 온 학생들이 묵는 3천 엔짜리 숙소를 예약해주었다. 일본의 비즈니스호텔이라는 좁디좁은 호텔방도 1만 엔 안팎이던 시절이었다. 어느 해인가의 가을에는 수학여행 기간이라 방이 없어 5백 엔이 비싼 곳을 예약했다면서 미안해서 어쩔 줄을 몰라 하던 목사님, 그랬기에 나도 취재가 끝나고 돌아오는 마지막 날 저녁이면 남은 돈을 얼마라도 봉투에 넣어 목사님 댁 우체통에 넣고 오곤 했었다. '도쿄 가실 때 손주 선물이라도……'라는 글귀 하나를 적어서.

일본어를 배우기 위해 중학생 때 했던 것처럼 손바닥만 한, 단어장을 만들어서 지하철을 타고 오가면서 외웠다. 매일 신문에서 작은 칼럼 하나씩을 오려 종이에 붙여놓고 모르는 단어를 찾아 새카맣게 줄을 그어가며 읽었다.

일어를 배우기 시작해서 45일 만이었다. 일본어를 가르쳐주던 여선생이 목 수술을 하게 되었다. '수술 경과는 어떠신지요' 하는 안부 편지를 일한사전을 뒤져가며 써 보냈더니 그 여선생은 채점한 시험지 돌려주듯 빨간 볼펜으로 틀린 곳을 지적하면서 '45일 만의 편지라니, 내 제자 중에 최고'라는 회신을 보내오기도 했다.

내 일본어 공부에는 이런 일도 있었다. 일본의 시인 다카무라 고타로(高村光太郎)의 무덤을 찾아 광활하다고 할 정도로 드넓은 공원묘원에 찾아갔을 때였다. 묘지를 찾으리라는 자신이 없어 꽃도 향도 준비하지 않은 채였다. 상세한 안내판의 도움으로 겨우 묘지를 찾은 후 밖으로 나와 조화를 파는 상점으로 향했다. 향을 사기 위해 내가 한 말은 이제 생각해도 웃음이 나오는 일본말의 조합이었다.

"이런 거 있어요? 길고, 가느다랗고. 불을 붙이면 연기가 많이 나고, 냄새도 많이 나는 그런 거요."

향기라는 일본말을 몰랐으니 냄새라고 할 수밖에 없었다. 작고 허리가 굽은 상점의 할머니가 나를 빤히 쳐다보더니 말했다.

"아 센코(線香)?"

그리고는 가느다란 향을 집어들었다.

그나마 아는 한자 때문에 읽기가 가능해지고 차츰 듣고 말하기도 쉬워졌을 때 일본어 개인교습을 해주던 여선생은 나에게 '일본어가 되니까 좋지요?' 하고 물었다. 그때 웃으면서 내가 대답했다. '차라리 못 알아들을 때가 편했답니다. 이제는 나쁜 말,

예의 없는 짓거리까지 다 들리니까요. 어제는 가게에서 물건을 사는데 쇼핑백이 찢어져 있어요. 바꿔달라니까, 새 봉투로 줘? 하고 반말을 하더군요.'

　그렇게 취재를 위해 일본어를 배웠다. 한일문제의 미청산 과제를 위해 어떤 작품이라도 쓰지 않으면 안 된다는, 그것이 나를 일본에 있게 한 독자들에 할 수 있는 작가로서의 의무라는 결심이 아니었다면 불가능했을 날들이었다. 독자들에게 눈물겹게 감사를 드리는 까닭이다. 그런 독자들이 있었기에 작가로서의 삶이 여기까지 왔다고 믿기 때문이다.

　엊그제 강연회장에서였다. 어느 독자가 말을 잇지 못하며 단상 위의 나를 올려다보더니 조용조용 말했다.

　"그 젊으시던 선생님이, 어느새 고희라니요."

　'선생님, 왜 이렇게 늙으셨어요' 하며 눈물짓는 독자를 만났던 건 '버얼써' 십여 년 전이 아니었던가. 담담히 그를 바라보면서, 웃음으로 대답했다. '그래요, 이제부터는 고요히 늙어가려고 한답니다. 잊지 마시고 지켜봐주세요. 저에게는 여러분, 아름다운 독자들이 계십니다.'

치악산의 얼음물은 녹아 흐르고

- 최수근 선생님과 《현대문학》

중학교 2학년 때였다. 신학기가 되어 새로 부임한 선생님 가운데 유난히 눈에 띄는 세 분이 있었다.

음악선생님, 첫 시간부터 홍난파의 '봄처녀'를 가르치면서 '미하아안코 어리이석은 양······' 하고 마음을 담아 소리를 뽑아 올리지 못하는 우리를 향해, '이것들도 인간이 맞나?' 하며 바라보던 선생님이었다. 하나, 이상하기는 했다. 우리가 '학교종이 땡땡땡'을 친다나 눌러보면서 키들대던 오르간을, 그 꼴도 꾀죄죄한 오르간을 새 음악선생님이 치면 아연 다른 소리가 나는 것이 아닌가.

또 있었다. 체육선생님. 이제까지는 다 그래야 하는 것으로 알았던 거무튀튀하고 험상궂던 체육선생님과는 달리 하얗고 말끔한 얼굴에 체격이 역삼각형이었다. 게다가 유도를 했다고 했다. 더군다나 수업도 받기 전에 들려온 소식은 그 선생님이 웬 여자와 함께 자전거를 타고 어딘가를 가더라는 것이었다. 그것도 여자를 앞에 태우고 말이다. 군 소재지의 읍내 중학교라고 하지만, 우리는 자전거를 타는 여자도 본 적이 없는 촌구석 시골 아이들이었다. 여자를 뒤의 짐받이도 아닌 앞에 태웠다니. '근데, 여자가 무진장 젊었어야' 하는 촌티가 덕지덕지 묻어나는 강원도 내지 사투리의 속살거림 때문에 우리는 자전거를 탄 남녀의 뽀얀 모습에 헤벌쭉 웃어대면서 체육시간이 오기를 기다렸다.

그리고 또 한 사람, 모습부터 범상치 않은 분이 있었다. 키가 컸다. 그냥 큰 것이 아니라 다른 교사들보다 머리 하나에 반은 더 컸다. 걷는 모습이 거의 휘청휘청했다. 게다가 걸을 때면 고개를 거의 90도로 숙이고, 아니, 아예 세상을 안 보겠다는 듯, 푹 꺾고 땅만을 내려다보며 걸었다. 그분이 새 학기의 담임으로 우리 교실로 들어선 최수근 선생님이었다.

하나 더 보태자면 웃는 것을 볼 수 없는 분이었다. 우리 학급의 담임이 되어 함께한 1년 동안 내가 선생님이 웃는 것을 본 건, 단 한 번이었다. 그것도 학급 전체가 있던 교실도 운동장도 아니었다. 아무도 없는 텅 빈 교실에서 단둘이 마주 앉아 졸업식의 송사를 읽는 연습을 할 때였다.

푹, 숙인 고개에 휘청휘청 걷는 큰 키의 걸음걸이 그 풍모부터가 범상치 않은 데다 웃음기는커녕 어떤 일상생활의 희로애락도 찾아볼 수 없는 분위기가 만들어내는 무표정, 그 범접할 수 없는 절대의 우울이 내가 만난 중학교 2학년 때의 국어선생님, 내 담임이셨다.

그리고 그날이 왔다. 심한 몸살로 선생님이 결근을 하신 날이었다. 반에서 대여섯 명이 나서서 선생님의 병문안을 가게 되었다. 선생님 댁을 찾아간 우리는 사모님이 문을 열어주시는 방으로 들어섰다. 앉은뱅이책상이 놓여 있는 방에 선생님은 자리를 깔고 누워 계셨다. 그 작은 방이 서재였다. '너희들 왔냐?' 하면서 선생님이 몸을 일으켜 앉았다. 여전히 웃음기도 그저 그런 생활인으로서의 일상적인 모습을 찾아볼 수 없는 얼굴이었다. 훗날 그런 얼굴을 만난 적이 있기는 했다. 고등학교로 진학한 후 완전 개가식 도서관에서 두툼한 음악사전을 하릴없이 넘기고 있다가 만난 어떤 음악가의 '데스마스크'였다. 거의 소스라치게 놀랄 정도로 그 분위기는 내 중학교 2학년 때의 담임선생님과 같은 얼굴이었다.

몸을 부대끼고 우리는 벽을 따라 주뼛거리며, 무릎을 꿇고 앉았다(그 무렵 중학교 2학년이라면 선생님 앞에서는 무릎을 꿇고 앉는 건 '차렷' 자세만큼이나 상식이자 기본이었다).

선생님의 눈길을 피해가며 방 안을 둘러보았다. 책상 하나뿐, 도대체 가구라고는 볼 수 없는 그 방은 전부 책으로 채워져 있었다. 벽마다 가득 책이 꽂혀 있는 집은 내가 세상에 태어나서 처음 본 경악, 그것이었다. 경악의 뒤를 잇는 신음소리처럼 그때 만난 또 하나가 벽을 메우듯이 꽂혀 있던 문학잡지 《현대문학》이었다. 세상에, 집 안 가득 책을 꽂고 살아가는 분이 있다는 것 그리고 그분이 내 담임선생님이라는 건 그 후의 내 삶에서 아주 중요한 갈림길이 되었음은 달리 설명이 필요가 없으리라.

읍내에 단 하나밖에 없던 서점을 드나들기 시작한 건 그때부터였다. 당연히 서점에서 《현대문학》을 읽기 위해서였다. '참으로'라는 단서를 붙여서 이야기해야 할 정도로, '참으로' 읽을 것이 없던 내 중학교 시절이었다. 학교를 이전하면서 정문도 없이 벌판에 서 있는 교사와 교무실 건물 두 동이 학교의 전부였다. 시간만 나면 우리는 학교 옆을 흐르던 강변으로 줄줄이 내려가 책가방으로 모래를 담아 날라야 했다. 비만 내리면 운동장이 진흙 벌판이었던 것이다. 고등학교로 진학한 춘천교대 병설 고등학교에서 내가 그토록 도서관을 좋아했던 서러운 궤적이 거기에 있다.

그 무렵의 《현대문학》은 화가 김환기의 그림으로 표지를 장식하고 있었다. 수업을 마치면, 서점에서 주인의 눈치를 보며 며칠씩 그 달의 《현대문학》을 읽었다. 이무영의 농촌문학을 서서 읽었고 몇 년 후 『흑맥』으로 새바람을 일으키는 이문희의 소설을 쭈그리고 앉아 읽었다.

연재소설을 읽는 재미까지 붙어서 새 월간 잡지가 나오기를 기다리게 되었을 무렵이었다. 어느 날 서점주인 아저씨가 내게 말했다.

"너는 이놈아, 책은 사지 않고 허구한 날 여기 서서 새 책을 읽는 거냐?"

그런 말과 함께 서점주인은 내가 읽고 있던 김환기의 그림이 표지를 장식한 《현대문학》을 빼앗아 제자리에 갖다 놓는 것이 아닌가.

다음 달 《현대문학》을 나는 돈을 주고 샀다. 그때 매달 학교에 내던 돈의 이름이 기성회비였는지 월사금이었는지 이름조차 가물가물하다. 다만 나는 학교에 내라면서 어머니가 건네준 그 돈을 학교에 내지 않고 헐어서 새 월간 《현대문학》을 사버렸다. 나의 첫 《현대문학》 읽기가 엄청난 범죄(!)로 이어진 불행이었다. 부끄러워서라도 감춰야 할 일이긴 하지만, 이 나이에 숨길 일도 아니기에 고백을 하자면, 학교에 낼 돈을 '책 사는 데 까먹은' 이

사건은 그 후 오랫동안 감당하기 힘든 무게로 내 소년기를 짓누른 우울함이 되었다.

선생님처럼 《현대문학》을 읽으면서 내 걸음걸이도 선생님을 닮아 고개를 푹 숙이고 걷게 되었다. 여름방학을 맞아 찾아간 할아버지 댁에서 병든 닭처럼 고개를 팍 꺾고 걷는 나를 향해 할아버지가 '이놈아, 고개 좀 번쩍 들고 가슴을 펴고 걷지 못하겠냐!' 하고 소리치신 것도 그때였다.

해가 그렇게 흘러가고 졸업식이 다가왔다. 그 무렵의 졸업식에는 식순에 따라 학교를 떠나는 졸업생들에게 바치는 재학생의 송사와 졸업생의 답사라는 것이 있었다. 성적이 우수할 리도, 품행이 그리 방정할 리도 없었던 내가 어쩌다가 재학생을 대표해서 송사를 읽게 되었는지 모르겠다. 그때 읽을 송사를 쓰신 분이 국어선생님이자 우리의 담임 최수근 선생님이었다. 졸업식을 앞둔 며칠 동안, 학생들이 다 돌아간 교실에서 난롯불도 꺼져서 썰렁하고 을씨년스럽기 짝이 없는 교실에 선생님과 둘이 앉아서 그 송사 읽는 연습을 했다.

내가 졸업하는 선배들 앞에 나가 읽어야 할 송사는 두루마리로 되어 있었다. 그것도 붓글씨로 내려쓴, 릴레이 선수의 배턴만큼이나 긴 송사였다.

'치악산의 얼음물이 녹아 흐르고 있습니다'로 시작되던 송사였다. 첫 줄부터가 문제였다. 선생님은 치악산을 '치이악산'이라고 '치'를 높고 길게 발음해 읽으라는 것이었고. '녹아, 흐르고, 있습니다'를 한 호흡씩 떼면서 첫 자에 힘을 주어 읽으라는 것이었다. 선생님이 먼저 그렇게 읽고 나면 나도 선생님을 따라 그렇게 유장한 느낌을 살려 읽어 내려가야 하는 것이었다.

"치악산의 얼음물이 녹아 흐르고 있습니다."

"다시! 치이악산의 얼음물이! 첫 음, '치'에 힘을 줘서 읽어."

"치이, 악산의 얼음물이."

"붙여 읽어, 이 녀석아. 치이, 악산이 아니고 치이악산."

"치야악, 산의 얼음물이."

"치약? 치약산이 아니고 치악산이다."

선생님이 푸푸, 하고 웃으셨다. 내가 처음이자 마지막 본 선생님의 웃음이었다.

치이악산의 얼음물이, 녹아, 흐르고 있습니다. 선생님과 둘이 앉아 송사 읽기를 연습하던 그 춥고 을씨년스러웠던 교실…… 지금도 어제처럼 선명하다. 선생님이 읽는 《현대문학》을 읽기 위해 부모님 몰래 학교에 낼 돈을 까먹으면서 그 책을 사고, 선생님을 따라 고개를 푹 숙이고 걷던 그 소년에게 어찌 그 교실이 춥고 을씨년스러웠으랴. 어디에 그보다 더 따뜻하고 벅찬 교실이 있었으랴.

세월이 흘러, 내가 소설가가 되었을 때였다. 신춘문예로 데뷔했을 때 내 소설을 읽으신 선생님 두 분이 계셨다. 한 분은 고등학교 때의 담임이셨다. 그리고 다른 한 분이 바로 중학교 때의 담임 최수근 선생님이셨다. 큰 키에 그 휘청거리는 듯했던 걸음걸이와 똑 닮은 크고 흐느적거리는 듯한 글씨로 추억을 더듬듯 '자네가 혹시 중학교 때의 그 학생은 아니신가?' 하시며 축하의 편지를 보내주셨다. 주소가 선생님의 고향인 주문진으로 되어 있었다.

계획한 일이 결코 아니었으면서 어쩌다가 나도 15년을 대학에서 학생들을 가르치며 보냈다. '내가 그들에게 무엇을 가르치고 무엇을 남겼을까'를 생각하며 그 첫 스승을 떠올릴 때면 어금니를 깨물게 부끄럽다. 영향은커녕 오래 기억될 추억거리라도 뭐 하나 남긴 게 있을까, 싶기 때문이다.

그 무렵의 거기에 그분이 계시지 않았으면 나는 무엇이 되었을까. 어떤 삶을 살았을까. 분명한 것은 지금과는 다른 삶을 살았으리라는 믿음이다. 가지 않은 다른 길에 무엇이 있었을까. 그러나 다시 또 그 어린 날들이 오고 또 그분을 만난다면 나는 다시 이 길을 걷지 않을까.

영원한 담임, 뚝지

대학을 갓 졸업한 새내기 교사는 젊고 젊었다. 그는 바로 춘천고등학교 2학년 8반, 나의 담임 박병래 물리선생님이었다. 이 선생님에게 우리가 붙인 별명이 뚝지였다.

내가 자란 강원도 영서지방에서 뚝지로 불리던 민물고기는 몸통보다도 머리가 컸다. 어디가 머리고 어디부터가 몸통인지 알 수가 없는 가분수형의 물고기였다. 동해안에서는 도치라는 바닷물고기를 뚝지라고 부르고, 살보다 알이 더 맛있다고도 알려져 있는 겨울철의 별미라지만 나는 아직 바다의 뚝지를 본 적도 없다. 그걸 먹을 생각도 없다. 나의 소년 시절을 보듬어주신

이후 평생의 시간을 함께한 선생님의 별명이 하필이면 뚝지였기에 더욱 그렇다.

내가 알고 있는 민물고기 뚝지는 마을 앞 냇가에서 낚시나 족대(물고기를 잡는 기구 중 하나)를 들고 나가 잡던 고기로 꺽지나 빠가사리와 함께 매운탕으로 끓이던 고기였다. 꼴이 하도 멍청해서 오죽하면 멍텅구리라고도 불렀을까. 못생기고 굼뜬 데다가 생긴 것부터가 미련해 보이던 물고기였다.

새 학기가 시작되고 전교생이 운동장에 도열한 조회시간, 교장선생님은 새로 온 선생님을 소개하기 시작했다. 이웃 여고에서 전근을 온 유명한 국어선생님도 있었고, 학생들 사이에서 기대와 화제를 모은 서울대 출신의 독일어선생님도 있었다. 법대를 나왔는데 독일어를 가르친다니 우리 모두는 의아해했고, '아니 법대 나왔는데 법을 안 가르치고 왜 독일어를 가르친대?'에서부터 '법이라면 독일이라, 독일어를 공부하지 않으면 법 공부를 못하는 것도 모르냐?' 하는 해박파까지 우리가 술렁거리는 사이 마지막으로 갓 대학을 졸업한 젊디젊은 물리선생님이 교단에 올라가 인사를 할 때였다. 학생들 가운데 누군가가 속삭였다.

"야, 뚝지 같다!"

학생들 사이에 와아 웃음이 번졌다. 우리 모두가 그런 생각을 했기 때문이었다. 부리부리한 눈매에 수려한 용모를 가졌으면서 유난히 머리가 컸던 선생님은 부임 첫날 학생들로부터 '웬 대가리가 저렇게 크냐?'는 불경스러운 귓속말과 함께 '뚝지'라는 별명을 얻었던 것이다.

바로 그 뚝지가 2학년 8반의 담임선생님이 되었고 그렇게 박병래 선생님과의 만남이 시작되었다. 조회시간에도 종례시간에도 키가 작아 앞자리에 앉은 내가 바라보자면, 목이 굵고 머리가 큰 데다 큰 눈망울을 디룩거리듯 눈빛이 강했던 선생님은 마치 긴장감이 흐르는 비밀요원 같기도 했고, 옷차림이 늘 깔끔하고, 잘생기고 젊은 냄새가 풀풀 나는 그런 선생님이었기에 멍청하고 미련한 뚝지라는 별명은 역설적으로 우리의 애호를 받을 필요충분한 조건을 갖추고 있었다.

그 무렵에는 왜 그렇게 봄이면 가뭄이 들었는지 모르겠다. 천수답이 대부분인 강원도였기에 해마다 봄 가뭄이 들면 학생들이 동원되어 논에 물을 대는 농촌봉사를 나가곤 했다. 그럴 때면 다른 교사들은 나무 그늘에서 노닥거리고 있는데 우리보다도 더 땀을 흘리던 선생님의 미련한 모습이 눈에 선하다. '야, 뚝지가 역시 다르긴 달라.' 우리가 선생님 몰래 했던 그 귓속말에는 뚝지라는 별명의 양면성이 그렇게 절묘하게 깃들어 있었다.

어느 날 선생님이 나를 방과 후 과학실로 부르셨다. 내가 계산에 약하다는 걸 모르는 선생님이 학생들의 통계자료를 정리해야 하는 일을 맡기려고 부른 것이었다. 하오의 햇살이 환하게 비껴드는 과학실에서 선생님이 숫자를 부르면 내가 주판을 놓으며 계산을 해야 하는 일이었다(이 글을 읽으며 '전자계산기가 있잖아요' 하는 독자가 제발 안 계시기를! 그건 한국전쟁 때 배가 고팠다는 말에 '밥 없으면 라면 먹지 그랬어요'라는 말과 다름없으니까).

더듬거리는 나를 보다 못한 선생님이 주판을 빼앗으며 말씀하셨다. '이 녀석이 이거 순 엉터리구나!' 역할이 역전되어 숫자를 내가 부르고 계산은 선생님이 해야 했던 그날을 생각하자면 나는 지금도 얼굴이 달아오르게 부끄럽다. 그래도 그날 선생님과 함께 했던 과학실의 그 환한 햇살 속에서 나는 얼마나 행복해했던가.

다들 가난했기에 학생들이 내는 수업료가 늘 밀리던 시절, 종례시간이면 수업료 미납 학생의 이름을 불러가며 돈을 내라고 닦달, 독촉하는 것도 담임의 의무(?) 중 하나였다. 뚝지만은 그걸 하지 않던 젊은 교사였다. 그러니 우리 반은 학교 전체에서 수업료 납부실적이 늘 꼴찌일 수밖에 없었고, 수업료 내라는 독촉을 한 적이 없던 뚝지가 교무회의 때마다 교장으로부터 질책을 당하고 있었다는 걸 우리가 어떻게 알 수 있었으랴.

한두 번도 아니고, '2학년 8반은 이번 달에도 또 꼴찌야. 선생은 도대체 뭐하는 거야?' 계속되는 질책에 젊은 교사는 '저는 국립사범대학에서 4년을 공부했습니다만 학생들의 수업료를 독촉하라는 교육은 받은 바가 없습니다'라고 대들었으니, 쫓겨나는 게 당연한 거라고는 말하지는 말자. 겨울방학이 끝나자 바로 뚝지는 학교 전체가 3학급인 벽지 학교로 쫓겨났고 우리는 인사도 못 올리고 담임선생님과 헤어져야 했다.

고등학교를 졸업하고 8년이 흘러가 있었다. 《동아일보》 신춘문예에 소설이 당선된 1월, 겨울 추위가 매섭던 날이었다. 등기우편으로 편지 하나가 배달되었다. 봉투를 열며 '어, 뚝지다!' 하고 소리칠 수밖에 없었던 그 편지, 나는 까맣게 잊고 있던 선생님께서 주신 편지였다. 큼직큼직한 글씨로 내려쓴 편지를 나는 지금도 기억한다. '당선을 축하드립니다. 내 제자 가운데 당신과 똑같은 이름의 학생이 있었는데 혹시 내 제자 한수산이 아니십니까. 만약 그렇다면 연락을 주면 고맙겠습니다' 하는 정중한 편지였다. 편지에 적힌 전화번호로 연락을 드리고 며칠 후, 오랜만에 뚝지를, 옛 모습이 여전한 그러나 중후한 중년이 되신 선생님을 뵙게 되었다. 그때 불고기로 저녁을 사주시며 뚝지는 소설가가된 제자를 참 신기해하셨다.

"너 술은 마시냐? 아암 소설가가 술을 마셔야지, 소설가는 싸

구려 술 먹으면 안 돼. 비싼 사람이니까 술도 비싼 걸로 마셔야지. 소설가가 소주나 마셔서 되겠냐. 비싼 생맥주로 마셔라."

그때로선 비싼 술이었던 맥주도 그렇지만 불고기도 특별한 음식이었다. 불고기가 우리의 음식 반열에서 밀려난 지 오래인 지금과는 다른 때였다. 그 시절의 불고기가 어떤 의미를 갖는 음식이었는지를 아마 요즈음 '어르신'이라는 이름으로 불리는 세대는 알리라. 귀하고 비싼, 손님을 대접할 때 빠지지 않는 음식 중의 하나였다는 것을.

그때 선생님은 교직을 떠나 있었다. 물리학을 전공한 분답게 무언가 특허를 내서 생산 공장을 운영하며 사업을 하고 계셨다. '선생님, 그때 왜 쫓겨나셨어요?' 나는 선생님과 헤어져야 했던 그때의 의문을 묻지 않을 수가 없었다.

우리 담임을 맡았던 그 한 해를 마치자마자 뚝지는 한 학년에 9개 반이었던 우리 학교에서 한 학년에 반이 하나밖에 없는 3학급짜리 먼 벽지 학교로 발령이 나며, 이임 인사도 없이 우리 곁을 떠났었다. 교장에게 밉보여서 쫓겨났다는 소문만 남긴 채.

시골 학교로 쫓겨난 뚝지는 거기서 저녁이면 자신의 하숙집에 학생들을 모아 공부시킬 정도로 열정적이었다고 했다. 그 결과 시골의 그 조그만 고등학교가 강원도 학력 경시대회에서 1위를 하는 축포를 터뜨렸다.

한국전쟁 때 군용으로 쓰였던 지프(jeep)차를 '찌뿌'라고 부르던 때였다. 뚝지는 그날 민용으로 개조된 그 찌뿌 차를 대절하여 학생들을 태우고, 우승기를 휘날리며 도청소재지 춘천을 한바퀴 돌아 학교로 돌아갔고 시골 읍내를 돌며 카퍼레이드를 벌였다고 했다. 젊은 교사의 울분, 현실이라는 벽 앞에서 무너질 수없었던 선생님의 울분을 들으며 나는 그때 '아, 그랬군요. 선생님' 하며 눈물을 글썽일 수밖에 없었다.

'한 군, 우리가 그때 가뭄이 들면 농촌 봉사활동을 나가서 물을 푸지 않았어?' 뚝지는 우리의 그날들을 기억하고 계셨다.

"한번은 논에 물을 대는 도랑을 치러 나갔었는데 한 녀석이 꼴같지도 않은 구덩이를 파면서 흙은 온통 저 혼자 뒤집어쓰고 끙끙대는 거야. 쟤는 되지도 않을 짓을 왜 하고 있는 거냐고 물었더니 학생들이 그러더라. 쟤가 그래도 우리 학교에서 글은 제일 잘쓰는 앱니다. 그게 바로 한 군, 자네였어."

소설가가 된 제자를 그렇게도 자랑스러워하시며 그날 선생님이 사주신 생맥주를 얼마나 마셨던지, 어떻게 헤어져 집으로 돌아왔는지 기억이 없다.

참으로 긴 세월이 흘러간 어느 날, 내가 대학에서 학생들을 가르치고 있을 때였다. '손님이 찾아오셨는데요' 하는 조교의 안내를 받으며 대학 연구실로 들어서는 남자가 있었다. 누구시냐고 물으면서 어정쩡하게 일어서는 나에게 그가 말했다.

"기억하시겠습니까? 나 박병래입니다."

'아, 뚝지다!' 내 안에서 소리 없는 탄성이 흘러나왔고 나는 선생님이 내미는 손을 잡으며, 그 품에 고개를 묻으며 안겼다. '어이구, 자네도 어느새 머리가 허옇게 되었군' 하며 내 등을 어루만지시던 선생님, 나도 어느새 오십 대였다.

'늘 자네 소식은 신문에서 빠지지 않고 챙겨봐.' 나는 잊고 있었지만, 선생님은 나를 잊지 않으셨던 것이다. 선생님은, 여전히 뚝지 그대로 퍼들퍼들 살아 계셨다. 정의감과 울분으로 '디굴거린다'고나 표현해야 할 그 큰 눈망울도 여전했다. 옷에 맞춰 잘 맨 넥타이의 멋스런 모습도 여전했고.

선생님은 그 무렵 조선시대의 천문학자 나산(螺山) 박안기(朴安期)에 대한 연구를 하고 계셨다. 국내에서의 연구는 미비하나, 박안기는 인조 21년(1643년) 통신사로 일본에 건너가 당시 조선의 우수한 천문학을 일본에 전함으로써 일본의 천문학 발전에 밑거름이 된 인물이었다. 그가 전한 지식을 바탕으로 일본은 최초의 역법인 정향력(貞享曆)을 완성하기에 이른다. 집안의 선조가 되는 박안기의 평전을 쓰기 위해 선생님은 평생을 글쟁이로 살아온 제자의 도움을 받으러 찾아오셨던 것이다.

그렇게 연구를 거듭하던 선생님이 박안기의 족적을 찾아 일본을 드나들기 시작했다. 일본으로 가시기 전에는 늘 나를 찾아와 취재계획을 가지고 상의를 하셨다. 그럴 때면, 여기서 여기까지는 기차로 가시고요. 여긴 택시를 타시는 게 편할 것 같은데요. 나는 겨우 그런 말씀을 드리곤 했었다. 다녀오셔서는 또 무슨 보고회라도 하듯 일정표를 내보이며 그동안의 진척 상황을 설명하시곤 하면서 우리의 만남이 이어졌다.

일본을 오가던 선생님은 이따금 학교 연구실로 들러 박안기에 대한 일본 자료들을 내보이며 내 의견을 구하기도 했다. 천체나 물리학에는 그야말로 절벽인 나에게까지 그러실 정도로 선생님은 진지했고 열정적이셨다.

그러던 어느 날이었다. 일본 시즈오카현에 도쿠가와 이에야스(德川家康)가 유년 시절에 인질로 잡혀 있었던 세이켄지(清見寺)라는 절이 있다고 했다. 그 절에 박안기가 쓴 '옥빛으로 영롱한 세상'이라는 뜻의 경요세계(瓊瑤世界)라는 현판이 걸려 있는데, 거기 추모의 제사를 올리러 가신다면서 제문의 문안을 살펴봐달라는 말씀을 하는 게 아닌가. 그해 연말 선생님은 밀양 박씨 문중의 어른 삼십여 명을 이끌고 일본으로 건너가, 두루마기와 갓으로 의관을 갖추고 박안기가 쓴 친필 편액 앞에서 추모제를 지내기에 이른다.

그리고 또 몇 년, 선생님이 보여준 뿌리 찾기의 험난한 여정과 노고는, 말 그대로 '뚝지가 간다!'였다. 청년 시절의 뚝지가 가졌던 열정과 울분에 내가 눈물을 글썽거릴 수밖에 없었듯이. 그렇게 촉발된 박안기에 대한 추모행사는 일본의 지방정부가 관심을 가지며 규모가 커져 한국의 대학생들을 초청하는 다양한 행사로까지 발전하고 있다고 했다. TV 뉴스로 중계까지 하는.

학교로 찾아온 선생님과 종이컵에 커피를 뽑아들고 교정에 앉아 있을 때였다. '학생들을 바라보며, 나도 학교에 남아 있을 걸 그랬나 봐. 사업한답시고 뛰어다니느라 세월만 보내고……' 가만히 그런 말로 지난날을 아쉬워하는 선생님의 모습은 여전히 그 젊디젊던 뚝지, 그대로였다.

그렇게 선생님을 만나면서 나는 학생들에게 이야기하곤 했다. '이 녀석들아. 나는 고등학교 때 담임선생님을 요즘도 뵙는다. 부럽지 않냐!'

그러던 중에 선생님과 어느 날부터인가 연락이 끊겼다. 휴대전화를 잃어버리면서 나는 선생님의 번호를 알 수 없었고, 계절이 바뀔 무렵이면 소식을 주시곤 하던 선생님이었는데, 연락이 없었다. '어디 편찮으시기라도 한 것인가?' 그런 생각을 할 때마다 마음이 무거웠다.

미국의 대학에 가서 방문학자로 1년을 보내고 온 뒤였다. 저녁 늦게 집으로 돌아온 나에게 아내가 말했다.

"박병래 선생님이, 2년 전에 돌아가셨대요."

집 안을 정리하던 아내가 박안기 관련 자료 박스에서 선생님의 옛 주소를 발견하고 수소문 끝에 알아낸 소식이었다. 사십여 년 세월이 무너져 내리는 회한 속에, 제일 먼저 떠오른 것이 선생님과 함께 식판에 담아 먹던 학교 교직원 식당의 점심이었다.

연구실에 앉아 있다가 '어디 커피숍에라도 나가실까요?' 하면 '나가긴, 자네가 끓인 커피 줘' 하셨고, 점심이라도 대접하려면 '밖에는 무슨. 학교식당 있지 않아?' 하시던 선생님. 제대로 저녁 한 끼 대접하지 못하면서도 '왜, 언제나 선생님이 날 찾아오실 줄 알았고, 내가 이 땅에 살아 있는 그날까지 오래 내 곁을 지켜주시리라'고 믿었단 말인가.

아, 나의 영원한 담임, 뚝지 박병래 선생님.

글은 쓰는 게 아니다, 고치는 것이다

모교의 이름으로 주는 문학상을 받으러 가던 날이었다. 경희 대 서울캠퍼스, 저리고 시린 일들이 많았던 시절이었기에 어려움도 외로움도 그만큼 많았던 나날들이 거기 묻혀 있었다.

청량리를 지나 학교가 가까워지면서 씁쓸한 추억이 뒤엉켜 있는 공간들이 다가왔다. 기말시험을 끝내고 난 친구들과 벌건 대낮에 기어들어 가서 술상을 젓가락으로 때리며 노래를 하던 술집은 저기였는데. 민족주의 색채가 강한 동아리를 하며 지하 신문을 만든답시고 머리를 맞대던 곳은 저기 어디쯤이었지. 재 니스 조플린을 비롯한 재즈가수의 음반을 모으던 때 드나들던

가게는 저기였는데. 음반 재킷이 흑백으로 복사한 것이어서 '백판'이라고 불리던 불법음반을 가장 많이 가지고 있던 가게였지. 효창구장에서 열린 대학축구 리그에서 우승했을 때 응원을 갔던 학생들 수백 명이 스크럼을 짜고 한달음에 서울역을 거쳐 남산까지 올라가기도 하던 시절이었다.

오랜만에 모교의 교정으로 들어서자니 어둠 속에 치솟은 낯선 건물들이 숲처럼 바라보였다. 무엇보다도 정문 옆에 버티고 서 있던 체육대학 건물이 어디론가 사라지고 새 건물이 들어선 것이 마음에 와닿았다.

정문에서 체대건물 앞까지의 공간이 학생시위 때의 추억으로 내 안에서 웅성거렸다. '10년 전의 4.19여, 내 모양이 처량하다' 그렇게 '봉선화'의 가사를 바꿔 노래했던 건 박정희의 3선개헌 때였던가. 경찰이 쏜 최루탄에 눈물을 쏟으며 학교 안으로 밀려 들어온 남학생들이 줄지어 앉으며 상황을 정리하노라면 여학생들은 수건으로 얼굴을 가린 채 물을 떠 날랐었다. 목이 타는 우리에게 물을 나눠주면서 한편으로는 길바닥에 뿌려진 최루탄의 허연 분말을 씻어내는 것도 여학생들이었다.

그때 노래를 잘 부르던 담력 있는 신방과 여학생 하나가 참 열심이었지. 그녀 이름이 무엇이었더라. 훗날 그녀의 동생이 가수 하춘화라는 걸 알고는, '아하 그 언니에 그 동생이네' 하며 우리 모두가 감탄했었는데.

잡목림같이 어수선한 추억들이 가라앉으며 마음속으로 떠오르는 얼굴이 있었다. 소설가 황순원 교수나 영문학의 박용주 교수. 좋은 스승을 만나 꿈을 심을 수 있었던 내 스무 살, 그 무렵 그런 날들을 가질 수 있었다는 건 행운이었고 기쁨이었다.

"시를 써야지, 소설을 써?"

내가 경희대에 다니는 동안 국문학과장과 인문대학장을 지내며 내내 보직에 계셨던 분이 시인 조병화 교수였다. 고등학교 시절이었다. 춘천에 오신 선생님이 문학강연을 끝냈을 때 나는 다가가 사인을 받았다. 그때 선생님은 내가 내미는 종이에 '조병화. 혜화동 107'이라고 주소까지 써서 주셨다. 그 작은 종이를 여전히 간직하고 있던 내가 이제 그분의 제자가 되었음에 어찌 감격하지 않을 수 있었으랴.

무엇보다 학점이 후하다는 여론이 파다해서였을까. 음대생에 체대생들까지 몰려드는 교양강좌는 늦게 가면 자리가 없어 서서 강의를 들어야 하게 늘 만석! 그것이었다.

중간시험을 앞둔 어느 날, 입장권은 선생님이 준비할 테니 원하는 학생은 각자 버스를 타고 모이라면서 드라마센터로 연극을 보러 간 적이 있었다. 남산의 극장 앞에 도착해서 보니, 십여 명의 학생들이 모였는데 어떻게 된 일인지 남학생은 나 혼자였다.

학생들과 찻집에 둘러앉은 교수님은 단 하나뿐인 남학생인 나를 불러 돈을 건네며 십여 명분의 입장권를 사 오도록 했다. 입장권은 사서 교수님께 건네는 것까지는 해냈는데 그다음이 문제였다. 입장권을 사고 남은 거스름돈을 돌려드려야 하나 말아야 하나. 고등학교 때 사인까지 받으며 감격했던 그 존경하는 선생님에게 거스름돈 따위를 돌려드린다는 것이 어쩐지 불경하고 불결하게 느껴져서 나는 연극이 상연되는 내내 돈만 만지작거리다가 돌려드리지 못하고 헤어졌다.

그 거스름돈 횡령(!)을 지금도 기억하고 있는 나의 소심함은 무엇이며 선생님은 어떻게 생각하셨을까. 스승의 거스름돈을 떼어먹는 대학 1년생으로 나를 기억해서는 아니었겠지만 조병화 교수는 나를 참 미워하셨다. 내가 시를 쓰지 않는 것에 대하여 적의를 느낄 정도로 미워하셨다.

내가 신춘문예를 통해 소설로 데뷔를 한 이후에는 교정 어디에서든 만나 인사를 드릴 때마다 '너 인마, 짜샤. 시를 써야지 소설을 써?'를 연발하셨다.

오죽하면 이십여 년이 지난 후 내가 현대문학상을 받게 되었을 때 축사를 하러 시상식장에 오신 교수님은 나를 보자마자 '짜아식, 너 인마 시를 쓰랬더니 소설이나 쓰고. 그렇게 책을 많이 내면서 나한테 책도 안 보내고' 하면서 화를 내셨다. 그러면서 사람들로 북적이는 시상식장에서 '짜아식, 너 인마!'를 연발하시는 게 아닌가. 불량 청소년처럼 다리까지 하나를 흔들어대시며.

시를 쓰지 않는 나를 말 그대로 웬수(!)보듯 미워했던 조병화 교수님. 그것 또한 다른 얼굴의 사랑은 아니었을까. 그토록 향기로울 수 없는.

교수님의 솜 방석

석조건물 도서관 앞을 지나가려니 고전문학을 가르치시던 박노춘 교수. 까맣게 잊고 있던 모습이 어제처럼 선하게 떠올랐다.

교양학부 1년, 한국문학사를 가르치신 박 교수는 어찌된 일이었는지 시험문제를 미리 내지 않았다. 인쇄된 시험지를 돌리는 게 아니었다. 교실에 들어와서야 앞줄에 앉아 있는 나에게 '너, 필기노트 좀 다오' 하시고는 내 노트를 뒤적이면서 시험문제를 내셨다.

그때 나는 교수님의 강의를, 칠판에 판서하는 부분은 노트 오른쪽에 적고, 강의 중간중간 부연 설명을 하면서 들려주시는 곁 가지 이야기들은 노트 왼쪽에 적었다. 그 왼쪽에는 연희(演戲),

삼국지연의(三國志演義) 같은 단어들이 가득했다.

시험문제 3분의 1이, 내 노트에서 찾아낸 그런 단어들의 뜻풀이를 쓰라는 문제가 제시되었을 때 학생들은 경악했다. 그들이 공부를 한, 이름하여 '시험 범위' 안에 그런 단어들이 있을 리 없었다. 원성 자자한 학생들의 눈총을 받으며 내 노트는 질책의 대상이 되었다(앞자리에 앉아 있었다고는 해도, 강의 중에 재미로 들려주시던 그런 이야기까지 노트에 받아 적고 있다는 것을 교수님은 어떻게 아셨을까).

여름방학이 끝나고 교정에서 만난 박 교수는 반갑게 나를 부르더니, '너 뭐에 당선되었던데, 그게 뭐더라……' 하고 물으셨다. 당선이라니, 내가 뭘? 나도 처음에는 그것이 무엇인지 생각이 나지 않았다.

나중에야, 도서관을 드나들던 어느 날 출판문화협회에서 대학생의 독후감을 모집한다는 공고를 보았던 기억이 났다. 상금으로는 돈이 아니라 입상자가 원하는 십만 원 상당의 책을 준다는 것이었다(1969년에 십만 원은 대학생이 상상하기도 어려운 거금이었다).

'십만 원 상당의 책'에 눈이 어두워진 내가 그 무렵 읽던 책, 재미없어도 이렇게 재미없는 소설이 있나 싶었던 발자크의 『골짜기의 백합』 독후감을 도서관에 앉아 끄적거리며 써냈던 것을 나는 까맣게 잊고 있었던 것이다. 출판협회에 전화를 해서야 내 글이 당선작으로 결정되었다는 것을 알았을 때 그쪽 담당자의 대답이 어이없었다. '수산(水山)이라는 이름이 하도 이상해서, 누가 장난을 친 줄 알고 통지를 안 했는데, 그게 학생의 본명인가?'

첫 학기가 끝날 무렵 나는 전공을 바꿔 영문과로 전과를 했다. 그 이야기를 하러 박 교수 댁을 찾아갔던 날, 큰절을 하고 무릎을 꿇고 앉아 '교수님, 저 영문과로 전과를 하게 되었습니다' 하는 나에게 교수님은 아무 말씀이 없으셨다. '왜?'라고 묻지도 않으셨다.

손수 차를 타주신 선생님은 내내 아무 말이 없으셨다. 그때 우리는 방석을 깔고 앉아 있었는데, 교수님은 말없이 뜯어진 방석 귀퉁이에 튀어나온 솜을 개구쟁이 아이처럼 손끝으로 끄집어내기 시작했다. 무릎을 꿇고 앉아 있던 삼십여 분 동안 교수님은 그 방석의 솜 끄집어내기를 계속하셨다. 그뿐, 교수님은 내내 아무 말씀이 없으셨다.

선생님은 내가 국문과를 떠나지 않고, 당신 밑에서 학문을 하기를 바라셨던 거로구나. 겨우 그런 생각을 했지만 그때는 이미 영문과로 전과가 확정된 뒤였다. 『욕망이라는 이름의 전차』를 쓴 미국 극작가 테너시 윌리엄스에 빠져서 극작가가 되기를 꿈꾸면서.

'가보겠습니다' 하며 다시 일어나 큰절을 하고 교수님 댁을 빠져나올 때, 무슨 배반자라도 된 것 같은 참담한 마음으로 골목을 걸어 나오면서 생각한 교수님과의 그 삼십여 분은 내가 최초로 느낀 스승이라는 이름, 스승만이 가질 수 있는 '제자에 대한 사랑과 기대', 그것이었다. 슬프고도 가슴 벅찬.

"글은 쓰는 게 아니다. 고치는 것이다."

그해 가을은 서울 일원에 내린 위수령(衛戍令)과 함께 시작되었다. 1971년 10월 15일이었다. 개학과 함께 격화된 반정부 학생시위를 막기 위해 정부가 내린 조치였다. 서울 시내 10개 대학에 휴업령이 내려지고 교정에는 무장군인이 진주했다. 그때 나는 경희대 영문과 3학년생이었다.

위수령이 내리던 그날 나는 내가 속해 있던 학생서클 '백단학회'에서 학생들에게 배포할 지하 유인물의 내용을 검토하느라 친구들과 틀어박혀 있었다. '백단학회'는 민족주의를 연구하는 학생운동 단체였다. 그때 함께 의기투합했던 회원으로는 지금 강화도에서 쑥 농사를 지으며 유유자적 늙어가고 있는 사학과의 진대현과 후배 연구부원 정범구(전 국회의원, 주독일 대사)가 있었다. 그는 정외과 학생이었다.

유인물에 어떤 내용을 실을 것인가를 논의하던 우리에게 후배가 들이닥쳤다. 그가 숨 가쁘게 알려온 것은 오늘 시위에서 우리 서클의 후배들이 몇 명 잡혀갔다는 것이었다. 그리고 잠시 후 '학교 안으로 군대가 진입했다'는 소식이 이어졌다.

청량리 경찰서로 찾아가 담 밖을 서성거리던 친구 진대현과 나는 저녁식사 대신 쓴 소주를 마시다가 밤늦게 헤어졌다. 군부대에 접수되어 언제 문을 열지 모르는 대학, 아버지가 삼천포 우체국장이던 친구는 삼천포로 내려가지 않고 절에 들어가 참선을 하며 보내겠다고 했다. 나는 무엇을 할 것인가. 그날 밤, 내가 번민 속에서 내린 결정이란 얼마나 여린 것이었던가. 나는 그때까지 내 관심의 내연(內延) 속에 있던 사회적 관심과 정치적 이념들을 형이하학이라고 못 박았다. 그들과의 조용하고도 잔혹한 이별이었다. 내 정신의 촉수는 형이상학이라고 스스로 규정하고 있던 '창조적 작업'에 가 있었다.

다음 날 학교로 갔다. 일체의 출입이 통제된 학교 정문에는 모래부대를 쌓아올린 바리케이드가 쳐지고, 기관단총을 겨눈 무장 군인들로 삼엄했다. 대운동장에는 진주한 군대가 설치한 막사가 즐비했다. 군에 의해 접수된 학교의 모습은 그때 내가 느끼고 있던 정치적 현실을 압축해놓은 가장 적나라한 상징이었다.

며칠 후 나는 도시락과 빈 노트 한 권 그리고 한 움큼의 연필을 준비한 채 학교로 향했다. 경희대는 산록에 자리 잡고 있어서, 위쪽으로 조금만 올라가면 담을 친 철조망 여기저기에 구멍이 뚫려 있는 곳을 찾아낼 수 있었다. 나는 그 틈을 뚫고 학교 안으로 들어갔다. 교수들조차 신분증을 제시해야 하는, 허가받은 극소수의 사람들 이외에는 출입이 통제되어 있는 학교 캠퍼스는 고요의 바다였다. 몸을 숨기며 군이 진주해 있는 운동장으로 다가가 보니 수도방위사령부 소속 군인들은 태권도를 하며 몸을 단련하고 있었다.

나는 살의가 느껴지는 교정을 몸을 숨겨가며 이리저리 돌아서, 인문대 강의실 창문을 타고 넘어 안으로 들어갔다. 나는 그렇게, 내가 몸 바칠 산문의 세계로 숨어 들어갔던 것이다. 텅 빈 강의실 안에 의자들을 모아놓고 앉아, 열두 자루의 연필을 천천히 깎았다. 그리고 빈 노트를 펼쳤다. 귀가 멍할 정도의 고요, 아무 소리도 들려오지 않는 강의실 안을 이따금 말벌이 윙윙거리며 날았다. 그리고 무언가를 쓰기 시작했다. 아니 소설을 써 보려고 했다.

한 줄을 썼다가 지우고, 몇 줄을 썼다가 노트를 찢어버리는 일이 반복되었다. 그렇게 하루가 갔지만 저녁 무렵, 몰래 학교를 빠져나올 때 내 노트에는 아무것도 쓰여 있지 않았다. 다음 날도, 그다음 날도 나는 그렇게 위수령으로 점령당한 빈 학교 강의실로 숨어 들어갔고, 빈 노트를 앞에 놓고 연필을 깎고 있었다.

일주일이 갔을 때, 연필로 쓴 한 편의 글이 노트에 남았다. 다음 글은 닷새가 걸렸다. 그리고 다음에는 사흘이. 왜 그것이 홀수로만 이루어졌는지 모르겠다. 그리고 다섯 편째의 글을 쓰고 난 뒤 다시 학교 문이 열리고 강의가 시작되었다.

학교가 문을 열자, 매주 화요일이면 그때까지 쓴 습작소설을 들고 소설가이자 국문과 교수였던 황순원 선생님을 연구실로 찾아갔다. 지난주에 드린 작품에 대한 이야기를 듣고, 새로 쓴 작품을 놓고 오는 일이 반복되었다. 때로는 연구실이 아닌 사당동 댁으로 오라고 하실 때도 있었다. 비 오는 날이면 장화를 신고 걸어야 하는 진흙탕 길, 사당동 로터리에서 언덕배기를 올라가야 하는 선생님 댁을 그렇게 드나들었다.

이 도제적인 문학수업에서 황 선생님이 꼭 빠뜨리지 않는 것이 있었다. 붉은 볼펜으로 꼼꼼하게 교정 보듯 표시해놓곤 하는 것이 맞춤법과 띄어쓰기였다. '이런 기초부터도 못하면서 무슨 글을 쓰겠다는 것이냐' 하는 무언의 가르침이었다.

그 만남 속에는 잊을 수 없는 이야기가 많다. 선생님 댁으로 찾아가면 우리는 늘 까만 밥상 위에 원고를 펴놓고 마주하고 앉아 이야기를 나눴다, 그날도 사당동 댁으로 찾아간 나와 선생님은 밥상을 마주하고 앉아 있었다. 내 소설 원고 이야기를 하다 말고, 선생님이 나를 지긋이 바라보더니 불쑥 말씀하셨다.

"너 연애 잘 못하지?"

갑작스런 물음에 뒷머리를 긁으며 '네' 하고 대답할 수밖에 없었다. 선생님이 즐겁게 웃으며 내린 진단이란 실로 가공할 것이었다.

"내 그럴 줄 알았다. 이런 소설이나 쓰는 네가 연애를 잘 할 리가 없지. 연애를 잘 못하니까 이런 소설을 쓰는 거야."

선생님은 재미있어 못 견디겠다는 표정이셨다. 소설이 문제가 아니었다. 문제의 핵심은 '이런 소설'이었다. 그런가, 내 소설이 연애를 못하는 사람이나 쓸 수 있는 그런 소설인가. 어차피, 나라는 인간은 내가 안다. 연애는 못하더라도 차라리 소설이라도 잘 쓰면 오죽 좋으랴. 그런 생각을 하면서도 마음 한구석은 왜 그렇게 허전했던가.

참담한 시간도 있었다. '이게 정말 내가 쓴 글이란 말인가. 한국문학사에 길이 빛날 명품이 아닌가.' 그렇게 믿으며 환호했던 습작소설 한 편을 선생님께 드리고 온 후 일주일 내내 나는 기고만장해서 들떠 있었다. 다음 주 약속한 날 연구실로 찾아간 내게 선생님은 내 원고를 던지듯 내려놓으면서 말씀하셨다.

"이런 거나 쓰려면, 두꺼비나 한 병 먹고 말아."

두꺼비란 진로소주의 상표를 두고 하신 말씀이었다. 이 따위를 글이라고 쓰려면 소주나 한잔하고 말라는 뜻이었다.

그 표정이 아주 엄격했다. 그뿐 더 말이 없으셨다. 연구실 바닥을 내려다보고 말없이 앉아 있다가 그 두꺼비 한 병만도 못한 원고를 옆구리에 끼고 밖으로 나왔다. 직사각형 모양을 하고 있던 연구실 문이 왜 그렇게도 멀게 느껴졌던지. 밖으로 나와 문을 등지고 섰을 때의 암담함, 다리가 후들거리던 참혹한 절망감. 그때 내 손에 칼이 들려져 있다면 안으로 달려 들어가 선생님을 찔러버릴 것만 같았다.

선생님의 '두꺼비 한 병'이 무엇을 의미했는지를 알기에는 많은 시간이 걸리지 않았다. '내가 희대의 명작을 썼노라' 기고만장했던 그 소설을 몇 주 뒤에 다시 읽어보며 알 수 있었다. 그것은 『메밀꽃 필 무렵』의 치졸한 번안에 지나지 않는, 두꺼비 한 병조차도 아까운 글이었다.

그때 그 밥상 위에서 나는 선생님이 쓰시는 소설의 초고를 볼 수 있었다. 대학노트에 세로쓰기로 쓴 원고였다. 노트의 초고는 한 줄씩을 비우고 건너뛰면서 쓰여 있었다. 그 여백은 다시 고쳐

쓸 때를 위해 비워놓은 공간이었다. 선생님의 원고는 긋고 지우면서 다시 써서 그 비워두었던 칸마저도 새카맣게 뒤덮여 글자를 알아보기 힘들 정도였다. 선생님의 물 흐르듯 정연한 문장의 뒤에는 글자가 안 보일 정도로 고치고 또 고친, 갈고닦음의 시간이 있었던 것이다. 그보다 더한 말 없는 가르침이 어디 있었으랴.

그 말 없는 가르침을 잊지 않고 나는 데뷔를 한 후 십여 년 넘게까지 첫 원고는 늘 노트에 썼고 그것을 다시 고쳐서 원고지에 옮겨 쓰는 일을 계속했다. 글자가 안 보일 정도로 까맣게 고쳐져 있던 선생님의 초고가 바로 스승의 얼굴이자 가르침이었다.

대학에서 학생들을 가르치게 되었을 때였다. 〈Creative Writing-창조적 글쓰기〉라는 부제를 붙인 강의에서 첫 시간이면 내가 학생들에게 따라하도록 한 말이 있었다.

"글은 쓰는 게 아니다. 고치는 것이다."

어둠 속으로 선생님들의 그 푸릇푸릇했던 모습이 떠올랐다 사라져갔다. 이제는 다들 먼 곳으로 떠나셨구나. 숲으로 가득했던 캠퍼스, 젊은 날의 한때를 보낸 옛 교정을 바라보는 내 눈 앞이 흐려지고 있었다.

오동나무도 날아다닌다

대학 3학년, 〈영미소설 강독〉의 중간고사 시간이었다. 시험지
를 내고 나가는 나를 손짓해 부른 박 교수는, 시험지 위에 한자로
써놓은 내 이름 한수산(韓水山)을 가리키며 물었다.

"이 이름을 누가 지어주었냐?"

흔해 빠진 한자 둘이 서 있는 흔하지 않은 내 이름을 두고 하
신 말씀이었다. 할아버지가 지어주셨다는 내 대답에 선생님이
말씀하셨다.

"느이 할아버지가 좀 무식했냐?"

나는 할 말을 잃었다. '한학을 하신 분이세요' 하는 말을 입 안

에서 우물거릴 때였다.

"한자를 몰라도 그렇지. 할아버지가 얼마나 무식했으면 이렇게 쉬운 한자로만 이름을 지었겠냐."

내 이름을 두고 그렇게 '조상의 무식'으로 매도하신 분이 바로 내 평생의 은사 박용주 교수였다. 이 생각을 하자면 언제나 선생님의 다감함과 그 특유의 유머를 떠올리게 된다.

다시 대학 시절의 일이다. 영문학사 수업 시간이었다. 우리에게 낭만주의에 대해 설명하기에 앞서 선생님은 이런 일화를 들려주셨다. 선생님은 한국전쟁 중, 북녘 땅에 부모를 둔 채 동생만 데리고 먼저 월남한 분이셨다. 고등학교를 겨우 졸업한 나이의 선생님이 동생과 겪었을 피난 시절의 고난이 어떠했을지는 쉽게 상상이 되었다. 그 동생이 자라서 군에 입대를 하고 첫 휴가를 나왔을 때 선생님도 이미 한 가정을 꾸린 어른이 되어 있었다.

휴가를 나온 동생을 목욕탕으로 들여보내고 빨랫감을 정리하다 보니, 동생이 입고 온 속옷에 하얗게 서캐(이가 깐 알)가 붙어 있었다. 당시의 한국 군인의 실정은 그렇게 열악했다. 동생의 고생에 마음 아파하며 모자를 들여다보니, 땀에 찌든 모자 안쪽에 조그맣게 쓴 글자가 보였다. 'PLAIN LIVING, HIGH THINKING'(생활은 검소하게, 사고는 드높이), 그 영문 글자를 보면서 선생님은 입술을 악물었다고 했다. '그래 네가 잘 자라고 있어, 고맙다' 하면서.

이 이야기를 끝내면서 선생님은 말씀하셨다.

"이것이 낭만주의 문학을 연 영국의 시인 윌리엄 워즈워스의 말이다. '생활은 평범하게 그러나 생각은 드높이 하라'는 이것이 로맨티시즘의 정신이다."

과연 누가 낭만주의를 이토록 단순 선명하게 학생들에게 각인시켜 줄 수 있겠는가. 그리운 나의 선생님.

나의 이름을 가지고 '너의 할아버지가 무식해서 그런 이름을 지었나 보다'면서 나를 웃기셨던 선생님의 그 영미소설 원서강독 시간이었다. 선생님은 미국의 작가 토머스 울프의 작품을 읽기 전에 이렇게 말씀하셨다.

"나에게 이 세상 사람을 둘로 나누라면 나는 토머스 울프를 읽은 사람과 읽지 않은 사람으로 나누겠다."

이것에 토머스 울프의 작품 읽기를 시작하면서 하신 첫마디였다. 이 말을 듣고도 그의 작품을 읽지 않을 학생이 어디 있겠는가.

학교를 졸업한 후에는 아무래도 소식이 끊어질 수밖에 없었다. 작가로 데뷔를 할 때는 신춘문예 시상식장까지 나오셔서 축하해주셨던 선생님이었지만, 찾아뵈어야지 생각만 할 뿐, 늘 스스로와의 약속을 지키지 못하는 쪽은 나였다. 그런 어느 날이면 짧은 편지가 날아들었다. '본 지 오래되었구나. 연구실로 좀 들르 거라' 하는.

편지를 받고 부랴부랴 달려가면 선생님은 유쾌하게 웃으면서 말씀하시고는 했다. '수산아 다 용서한다. 연락하거라. 뭐 그렇게 신문광고라도 낼까 했다.' 당시에는 그런 광고를 내면서 사람을 찾는 일이 많던 시절이었다.

나무도 날아다녔다. 이곳에서 저곳으로, 또 어디로 그렇게 날 아다녔다. 나에게는 나무가 날아다닌다는 것을 알게 해준 오동 나무가 있었다.

날아다니는 것은 새들만이 아니다. 물고기가 날아다닌다는 것은 이미 알고 있었다. 북부 아프리카의 리비아 사막에서였다. 사위가 모래와 정적뿐인 사막의 한가운데에서 어느 한 곳에 계 속 물을 흘려보내면 갈대들이 자라기 시작한다. 무엇으로도 설 명이 안 되는 생명의 신비였다. 저 광활한 사막의 하늘 어느 곳을 날아서 풀씨가 그곳까지 찾아오다니. 갈대가 자라는 습지에서는 이제 달팽이가 자라기 시작한다. 그리고 그 달팽이를 먹고 사는 사막의 여우가 또 거기 와서 산다. 귀가 쫑긋한 이 여우는 크기가 토끼만 하다. 그리고 마지막으로 이 생명의 고리를 완성하는 것 이 물고기였다. 풀이 자라기 시작하는 물웅덩이에 고기가 날아와 살기 시작하는 것이다.

이 놀라운 생태계의 순환을 나는 리비아 사막에서 꿈처럼 바라본 적이 있었다. 대수로 건설공사를 하고 있던 한국인들의 숙소 근처에서였다. 하나둘씩 생명들이 찾아와서 삶의 뿌리를 내리는 이 놀라운 신비, 씨앗이나 달팽이는 사막을 휘몰려가는 모래바람을 타고 왔을지도 모른다. 그러나 물 밖으로 나오면 바로 거기서 죽고 마는 물고기가 어떻게 그 하늘을 날았을까. 저 가없는 하늘, 그 사막 속의 먼 길을 어떻게 날아서 물고기는 그곳까지 찾아왔을까.

나무도 날개가 없기에 날아다닐 수가 없다. 씨앗이 떨어진 그 한곳에 머물면서 평생을 마쳐야 한다. 그러나 나무나 풀은 자기 스스로가 아니라 자식이라는 씨앗을 통해 날아다닌다는 것을 나에게 알려준 것이 한 그루의 오동나무였다.

그해 여름, 내 평생의 스승이었던 선생님의 말기암 소식을 들었다. 선생님이…… 선생님이 이제 돌아가시는구나. 전화를 내려놓는 눈앞이 부옇게 흐려왔다. 길게 남아야 석 달이라고 했다. 선생님에게 떠날 준비를 해야 할 때가 다가오고 있었다. 서재 창밖으로 눈을 돌리니 무심하고도 무심하게 늦여름 햇살을 받은 오동나무 잎이 너울거리고 있었다. 세상은 그렇게 이어져간다는 듯이. 태어난 모든 것은 그렇게 떠나갈 때가 있다는 듯이.

그 오동나무를 처음 만난 건 이십여 년을 살았던 옛집에서였다. 잔디를 가꾼 정원을 싫어하는 나는 늘 집 뜰을 흙이 드러난 채로 내버려두고 살았다. 둘레에 나무가 들어선 마당에는 봄이 오면 꽃모종을 사다가 심었다. 그해에도 모종을 심던 봄날 아침, 집을 잘못 찾아들어온 것처럼 벽 틈에 붙어서 자라고 있는 오동나무를 보았다.

두 손바닥을 모았다 벌리듯 잎을 틔우기 시작한 나무가 무릎 높이로 자라 오르는 것을 지켜보자니 신기하기까지 했다. 좀 넓은 곳으로 자리를 옮겨준 오동나무는 바로 그 첫해에 내 키만큼이나 자랐다. 다음 해 봄, 아주 거기서 오래 머물기를 바라며 다시 옮겨 심은 곳이 서재 앞 창밖이었다.

그해 장마가 끝날 무렵 또 다른 오동나무 한 그루가 마당가에서 자라기 시작했다. 친구를 찾아온 것처럼 자라고 있는 오동나무를 이번에는 현관 옆에 옮겨 심었다. 어디선가 두 그루의 오동나무가 우리 집으로 찾아와 자라고 있다는 게 기쁨이 되어갔다.

서재 앞의 오동나무는, 그렇게 자라기를 바랐던 대로 잘 뻗어 올라 2층 내 서재 창밖에서 잎을 너울거리게 되었다. 워낙 빠르게 잘 자라는 나무여서, 현관 옆에 심은 나무는 전지를 할 것도 없이 가지를 구부려, 현관 앞을 둥글게 둘러싸도록 만들었다. 아침이면 머리 위를 감싸고 있는 나무 밑을 지나 밖으로 나갔고, 저녁이면 오동나무 밑을 지나 들어서면서 말을 건네듯 얼마 동안을 서서 그 나뭇잎들을 바라보곤 했다. 무심하게 너울거리는 오동나무 잎을.

평생의 스승이 죽음을 앞에 둔 항암치료에 들어간다는 암울한 소식을 들었던 그날과 다름없이 서재 창밖에서는 오동나무 잎이 너울거리는 나날이 이어졌다. 그 오동잎을, 한여름의 햇빛을 이고 서재 밖에서 너울거리는 오동잎을 바라보는 하루하루 선생님은 야위고 피폐해져 갔다. 내가 할 수 있는 것은 아무것도 없었다.

돌아가시기 한 달 남짓을 앞두고 나는 선생님의 투병생활을 지켜보지 못한 채 일본으로 떠나게 되었다. 마지막 인사를 하러 찾아갔을 때였다. 항암치료로 몸이 말라가고 있던 선생님이 자리에서 일어나 앉으셨다. 내가 선생님을 부축하며 말했다.

"선생님. 그냥 누워 계세요."

"이 사람아. 난 지금 어떤 포즈를 취해도 아프다네."

병석에서도 이토록 유머를 잃지 않으시다니. 나는 눈물을 참느라 오래 방바닥을 내려다보아야 했다.

마지막 인사를 드리고 일어서는 내 어깨에 손을 올려놓으시고 선생님이 말씀하셨다.

"건강하게 잘 다녀오게. 우리가 다시 만날 때는 나도 무언가 결정이 나 있을 거네."

지성으로, 정의로움으로, 다사로운 사랑으로 제자에게 가르침이 되고 등불이 되어주셨던 분, 나의 박용주 선생님. 선생님은 일찍이 미국 남부문학을 전공하셨고 윌리엄 포크너 연구의 대가셨다. 수술을 받았던 암이 재발하면서 병석에 눕기 전까지 마지막으로 하신 일도 〈한국 포크너 학회〉의 창립이었다. 그렇게 선생님께서 떠나고 나는 일본에서 4년을 보내고 돌아왔다.

귀국해서 보니 집 주변에서는 멀쩡한 집들을 헐고 다세대 주택들이 들어서는 공사가 붐을 이루고 있었다. 약속이라도 한 듯이 앞집도 옆집도 5층짜리 다세대 주택으로 변하면서 내 집은 그늘에 잠겨갔다. 나도 떠날 때가 되었구나. 5층 사이에 낀 2층집, 햇빛이 들지 않는 마당가에 서서 그걸 알 수 있었다.

아들을 낳아 고2가 되도록 기르며 이십여 년을 살던 집을 그렇게 떠났다. 팔린 집이 헐린 자리에는 다세대 주택이 들어섰고, 언젠가 찾아가 본 그 집에 오동나무는 잘려서 어디론가 사라지고 자취도 없었다.

그리고 몇 년 후였다. 대학에서 학생들을 가르쳐달라는 요청을 받고 학교로 가게 되었다. 바란 적이 없는, 전연 생각지도 않은 일이었다. 그때 선생님을 떠올릴 수밖에 없었다. 생활이 안정되어야 글도 쓰지, 소설만 써서 밥을 먹겠다고 해서야 어디 글이 되겠느냐, 늘 염려를 놓지 않던 선생님이었다. 그랬기에 대학원 입시 때가 되면 해마다 나를 불러 대학원 과정을 하도록 권했고 대학에 와서 학생들을 가르치며 글을 쓰기를 바라셨다.

"한글로 소설을 써서 먹고 살 수 있다면 좋겠지만 한국어를 쓰는 인구가 지구상에 얼마냐. 일 억도 안 되는 몇 천만이다."

선생님의 생각은 원대했고 보다 글로벌했다.

'뒤로 물러설 걸음이 없는 절벽 끝에 서 있다, 생각하며 글과 맞서려고 합니다. 그런 절박함이 저에게는 오히려 힘이 됩니다.' 어눌하게 그런 말을 하는 나를 '너도 참 딱한 녀석이다' 하듯이 바라보며 선생님은 웃으셨다. 그리고 선생님이 하신 말씀에 이번에는 내가 웃음을 터뜨릴 수밖에 없었다.

"절박이라니, 도스토옙스키야 도박 빚 갚느라 소설을 썼다지만 네가 도스토옙스키는 아니잖니. 넌 도박도 할 줄 모르고."

자신의 말을 거역하고 돌아서는 나를 늘 그렇게 안타까워하시던 선생님이셨다. 나를 끝내 대학강단에 서게 한 그 무엇이 있다면 저 먼 나라에 계실 선생님은 아니었을까. 그런 생각까지 들었던 이유였다.

고심 끝에 수락을 하고 학교로 찾아가니, 1층의 연구실이 배정되어 있었다. 내 명패가 붙은 빈 연구실로 들어가 방을 둘러보고 창문을 열었을 때였다. 창문 밖에는 크기도 모양도 내 서재 앞에서 자라던 그 오동나무와 너무나 닮아 있는 오동나무 한 그루가 서 있었다. 오동나무가 들어설 자리가 전연 아닌데도.

아, 그 오동나무가 아닌가, 화들짝 놀랄 정도였다. 선생님을 보내며 바라보던 오동나무가, 내 서재 밖에서 너울거리던 그 오동나무가 미리 거기 와서 나를 기다리고 있었던 것만 같았다.

그때 내 안에서 누군가가 속삭였다. 나무도 날아다니는구나. 그랬다. 내 집으로 와서 몇 해를 함께 산 그 오동나무도 저 깊은 하늘가 어딘가를 날아 머나먼 내 집까지 왔듯이. 이제 새로운 일에 발을 내딛는 나를 위해 늘 염려하시던 선생님의 마음을 담아 또 내 곁으로 날아왔나 보다, 꿈결처럼 그런 생각이 들었다.

풀도 나무도 날개가 없다. 다리도 없다. 한곳에 머물면서 평생을 마쳐야 한다. 이 진리를 도예가 심수관 14대는 도공의 삶에 비유해 들려주었었다. 도공의 삶은 풀과 같다고. 나무와 같다고. 자신이 태어난 시대 안에서 오직 한마음으로 그 시대를 흙으로 구워내야 한다고.

망연히 서서…… 선생님이 거기 와 계시기라도 한 듯이 연구실 창밖 오동나무를 바라보았다. 선생님이 해주셨던 말씀들이 너울거리는 오동잎 사이를 오가고 있었다.

'도시는 당의정이라네, 더 큰 주제를 자연에서 찾아보는 게 어떻겠나.' 내 작품을 두고 해주셨던 말씀이었다.

'미국의 그랜드캐니언에 가서 몇 달 아무것도 하지 말고 지내다 와봐. 그 광활한 대자연이 자네를 치유하리라는 생각이 드니까.' 필화사건으로 고문을 치르고 나온 나를 위로하며 하신 말씀이었다.

'러시아 음악을 듣다 보면 그림들이 떠올라. 칸딘스키의 그림을 보고 있자면 음악이 들리고.' 예술의 본질을 이야기하며 들려주신 말씀이었다. 사막의 물고기만이 아니라 오동나무도 날아다닌다는 것을 그렇게 알았다.

강의가 끝나고 학생들이 돌아간 늦은 시간, 해가 기우는 연구실 창밖으로 오동나무를 바라본다. 여름이 지나갔으니 가을이 오고 또 깊어가면서 저 오동나무는 그 큰 나뭇잎을 떨어뜨리며 겨울을 향해 무겁게 걸음을 내딛으리라. 하늘을 가리며 너울거리던 저 큰 오동잎이 하나둘 떨어지고 나면 드러날 하늘, 어린아이의 눈 속 흰자위 같은 그 빈 하늘에 길 떠난 사람들의 얼굴도 보이리라. 그리고 나에게도 어느 날 떠날 날들이 다가오고, 저무는 숲에는 눈이 내릴 것이다.

오동나무가 날아다니듯 우리에게도 떠나야 할 때가 찾아든
다. 오동잎 위에서 너울거리는 가을이 그것을 가르치고 있었다.
깊어가는 삶과 함께 우리 또한 저물면서 떠나야 할 사람, 당신도
나도.

4

저무는 숲에 눈은 내리고

자작나무를 심었던 그때

자작나무를 심었다. 작은 개울 옆 산비탈에 조그만 밭 하나를 마련하고, 겨우 무릎 높이가량 오는 작은 묘목들을 심은 건 십여 년 전의 일이었다.

블라디보스토크에서 떠나는 시베리아 횡단열차를 타고 긴 여행을 했을 때였다. 우즈베키스탄의 수도 타슈켄트로 향하는 차창 밖으로는, 노랗게 물든 자작나무가 숲을 이루며 뒤덮인 대지가 몇 시간씩 사라지지 않고 이어졌다. 얼마나 황홀했던가. 그때 간직한 꿈이 있었다. 가슴속에서 무언가가 자지러지는 소리를 들으며 나는 그때 자작나무 숲속에 작은 집을 하나 갖고 싶다는

생각을 했었다. 애잔한 그런 그리움을 자작나무를 바라보며 키
워온 건 아주 오래전부터였다.

고등학교 졸업을 앞두고 대학진학을 포기한 나는 강원도 정
선의 산 깊은 탄광촌에서 겨울을 보냈었다. 낮이면 주변의 눈 덮
인 산을 오르고 밤이면 주파수가 잘 잡히지 않는 라디오의 음악
을 들으며 보내던 한철이었다. 그 한밤에 라디오로 듣던, 잡음이
섞여서 파도소리처럼 멀어졌다가 가까워지며 들려오던 음악은,
내 어린 시절의 문이 닫히는 신음소리 같았다.

그때 한낮이면 눈 쌓인 깊은 산에서 얼마나 많은 자작나무를
보았던가. 희디흰 눈밭에 하얀 몸통을 파묻고 서 있는 자작나무
를 껴안고, 고등학교 졸업을 앞둔 소년은 그때 참 많이 울었었다.
아주 먼 훗날, 그때의 희망 없는 가난과 궁핍하기만 했던 꿈은 다
젊은 날이 가지는 원죄였다고, 어느 시대에나 청춘은 다 자신의
시대가 가장 불행하다고 느낀다며 위로할 수 있게 되었을 때, 나
는 어느새 낡은 중년이 되어 있었다.

그 봄날, 밭 하나 가득 자작나무를 심고 나서 개울 건너편에서
바라본 모습은 결코 내 꿈처럼 천열(賤劣)하지는 않았다. 그 저녁
의 감격을 나는 오래 기억했다. 나보다 더 오래 살 나무들, 내가
흙이 되어가고 있을 저 먼 훗날에도 너희들은 울창하게 푸르리
라. 나무보다도 짧은 한 사람의 생애 그 시간의 길이가 참 단순하

게 생각되었다. 그것이 내 자작나무와의 만남이었다. 언젠가는 저 자작나무 사이로 길을 내고 그 가운데 하얀 자작나무가 둘러 싼 집을 지으리라. 자작나무 숲속의 집, 그것이 그때의 꿈이었다.

그러나 몇 년 후, 그 땅을 남에게 넘기게 되면서 애써 심었던 나무들과도 헤어질 수밖에 없었다. 그때 벌써 나무들은 내 키보 다 높게 자라 있었다.

내가 심은 나무들과 이렇게 헤어질 수는 없다는 아쉬움 속에 서, 심을 수 있을 만큼의 자작나무를 남한강가에 마련한 작업실 둘레에 옮겨 심었다. 자작나무로 둘러싸인 작업실에서는 이제 어느 창을 열어도 거기 우뚝우뚝 자작나무가 서 있고, 어느 문에 서서 바라보아도 자작나무가 기다렸다는 듯이 마주보고 있는 집 이 되었다. 희디희게 솟아오른 자작나무와 함께하는 품격의 아 름다움이 거기에서 익어갔다.

그러나 그렇게 옮겨 심은 자작나무는 한 해에 몇 그루씩 하나 둘 죽어나갔다. 봄에는 싱싱하게 잎을 틔운 나무들이 장마가 지 나고 나면 알 수 없이 시들시들 말라갔고, 다음 해에는 덩그마니 서서 잎을 틔우지 못했다.

조경업자의 무책임한 이식 때문이었다. 나무를 옮겨 심자면 실뿌리를 살려가면서 둥글게 분을 떠야 한다. 죽어간 마른 나무 를 캐내면서야 나는 조경업자가 뿌리를 감았던 굵은 고무로 된

끈을 자르지 않고 그냥 처박아 심었다는 것을 알 수 있었다. 뿌리가 묶인 채 질식해버린 나무들…… 그렇게 몇 년이 지나면서 옮겨 심은 자작나무의 반이 사라져갔다.

그 무렵 작업실 바로 옆에 잇대어 누군가가 집을 짓기 시작했다. 내가 내 땅에 내 마음대로 집을 짓는데 옆집이 무슨 상관이냐는 횡포는 마침내 내 거실이 바로 들여다보이도록 옆집이 베란다를 세우는 데까지 이르렀다. 그리고 주말이면 손님들을 불러들여 거기서 고기를 구워댔다. 욕실까지 고기 굽는 냄새가 스며들고 그 베란다의 바비큐 통에서 구워지는 고기를 바라보아야 하는 참혹함이라니.

집이 지어지는 반년 동안 그 소음 때문에 작업실을 떠나 있을 수밖에 없었는데 이제는 창밖조차 내다볼 길이 없어진 꼴이었다. 똥이 무서워서 피하는 게 아니라 더러워서 피한다는 속설을 자작나무에게 되뇌며 집을 비우는 날이 늘어갔다. 마침 미국의 버클리대학 연구소에서 1년을 보내야 할 일이 겹쳐졌다. 그렇게 세월을 보내고 다시 작업실을 찾았을 때는 두 해 가까이 흘러가 있었다.

나무는 자라 있었다. 내가 비워둔 집을 지키며 남아 있던 자작나무는 의연하게 가지를 뻗고 키를 키우며 그동안 굵고 튼실하게 자라 있지 않은가. 더욱 놀라운 것이 있었다. 내가 바란다고 그렇게 되었을까 싶게, 내 거실을 들여다보며 가로막고 있는 옆집 베란다를 자작나무들이 완벽하게 둘러싸며 가려주고 있는 것이 아닌가. 자작나무여, 네가 살아 있었구나. 감격스러움에 감사의 의미가 중첩되었다. '네가 내 마음을 읽다니, 참다못해 네가 나서주었구나.' 하얀 자작나무 껍질을 벗겨내며 서서 나는 그렇게 나무에게 말을 건넬 수밖에 없었다.

의자를 놓고 앉아 차를 마시고 음악을 듣던 그 자리, 한가득 강물이 흘러들어 올 것 같던 창밖의 아름다움은 나무가 자라며 아쉬움 속에 사라져버렸지만, 그 대신 옆집 베란다를 가리며 창을 가득히 채우고 서서 자작나무는 종일 잎을 너울거렸다. 긴 장마철이 오자 자작나무들은 둔중한 아다지오로 푸르디푸른 노래를 들려주었다.

그때 알 수 있었다. 나무와 나 사이에 세월이 겹치면서 이제 우리는 이야기를 나누는 사이가 되어 있었다는 것을.

*

지난봄, 꽃나무 시장엘 들렀었다. 값이 치솟는 그런 아파트에 사시는 분들에게야 먼 이야기겠지만, 값이라고는 오를 리 없는 손바닥만 한 마당이라도 가지고 있는 사람들에게 봄은 좀 특별하다. 무언가 새로 심을 게 없을까 설레면서 꽃나무 시장을 기웃거리게 한다. 나도 마음에 드는 꽃나무가 있을까 해서, 오랜 상처가 근질거리듯 그렇게 꽃나무 시장엘 가곤 하며 봄을 보냈었다.

그 봄이 가고 풀마다 독이 오르던 여름도 가고 집 앞을 흐르는 강물이 기름처럼 번들거리며 가을이 갔다. 작업실 밖 자작나무는 잎을 떨어뜨린 채 학처럼 서서 이 겨울을 맞고 있다. 남한강이 내려다보이는 내 작업실에도 늦가을이 익어가더니 나무들은 하루하루 잎을 떨어뜨리며 하늘을 향해 빈 가지를 들어올렸다. 그리고 학처럼 서서 겨울을 날 것이다.

자작나무는 저 옛날에는 연인들이 이 나무의 흰 껍질에 사랑 고백을 적어 보내기도 했다는 고아한 기품을 가진 나무다. 나무 자체에 독성이 없어서 달리 약품 처리를 하지 않고도 의료기구로 쓰이는 나무로, 환자의 입안을 살펴볼 때 의사가 사용하는 작은 막대도 자작나무로만 만든다고 했다. 도수 높은 술 보드카도 자작나무 통에 넣어서 숙성시킨다고 했다.

그동안 내 작업실 뜰에서 함께 산 자작나무는 가지가 잘려나간 적이 없다. 키를 억제하기 위해 내가 톱을 대는 일도 없었다. 전정을 해서 모양을 만든 나무들을 싫어했기에 나는 집 안의 나무들에 가위질이나 톱질을 해본 적이 없었다. 전정이라는 게 어쩐지 나무들에게 해서는 안 되는 짓을 저지르는 인간의 이기심으로만 느껴졌기 때문이었다. 당연한 일로, 나무는 위로 더 위로 그렇게 자랐다.

그러나 나무들 하나하나의 꼴은 그게 아니었다. 비좁게 심어진 나무들은 옆으로 가지를 뻗지 못하고 위로만 웃자랄 수밖에 없었고, 안에 갇힌 녀석들은 몸통이 굵어질 수가 없었다. 옆의 나무들에게 치어 키도 몸통도 다른 것의 반이 안 되는 지진아도 생겨났다. 너는 자작나무가 왜 대나무처럼 자라니 하면서 혼자 웃기는 했지만, 나는 그들의 비실비실한 모습을 바라볼 때마다 뭔가 해야 하지 않을까. 직무유기를 하고 있다는 의심을 지울 수가 없었다.

나무에 손을 안 대기는 서울집 마당의 나무도 마찬가지였다. '너 크고 싶은 대로 커라' 하면서 내버려둔 나무들은 향나무든 주목이든 그 속에 끼어 있던 두릅나무까지 저 하고 싶은대로 가지를 뻗으며 나댔기 때문에 결국 '미친 사람들이 따로 없네' 하는 험한 소리까지 들어야 했다. 나무들이 머리를 풀어헤치고 치맛자락을 걷어붙인 미친 사람 꼴이었기 때문이다.

이렇게 내버려두는 것이 나무를 위해 정말로 좋은 일일까, 하는 의문이 깊어가던 어느 날, 마당의 잡초를 정리하러 인부들을 데리고 온 정원사가 한마디를 했다. '저 나무들 솎아주셔야지 그냥 두면 다 죽습니다.' 그리고 들릴락 말락 중얼거렸다. '원, 나무 꼴이라고.'

다 죽는다는 말이 털썩털썩 소리를 내며 내 가슴에 떨어졌다. 나무들을 바라보는 내 눈길이 잘라 낼 나무를 고르기 시작한 건 그날 이후였다. 마르고 그냥 가느다란, 다른 나무들의 반도 안 되게 작은 키에 팔뚝만 한 굵기로 비쩍 마른 나무를 바라보았다. 그가 말했다. '바로 나예요?' 옆의 나무에 치어 가지를 뻗지 못한 나무는 더욱 초라해 보였다. 그 나무가 말했다. '난 아니죠? 난 가늘고 작으니까 다른 데로 옮겨 심으면 되잖아요.'

모르겠다. 내 손으로는 못 자르겠으니까, 살 만큼 살다가 견디지 못하고 먼저 가는 녀석이 있으면 그때 뽑아버릴 수밖에. 그렇게 중얼거리면서 또 한 해가 갔다. 내 무책임은 그다음 해에도 이어졌다. 나무들이 잎을 틔우기 시작하는 봄날에도 가지가 뻗어나가는 여름에도 '나는 누구를 자를까'를 생각만 했지 그때마다 결론은 같았다. 그냥 두자. 내 손으로는 못 자르겠다.

그렇게 마음을 정한 저녁이면 나는 아주 거룩한 결심이라도 한 것처럼 나무들을 바라보며 흐뭇해졌다. 얘들아 그냥 네 맘대로 커라. 그러나 정원사가 혀를 차던 소리는 내내 뽑지 않은 가시처럼 남아 내게 깐죽거렸다. '다 죽습니다. 원, 나무들 꼬락서니라니.'

그러나 나무들은 살아 있었다. 내 무책임을 나무들이 용납하지 않았던 것이다. 그들은 마치 '전우의 시체를 넘고 넘어 앞으로, 앞으로' 하는 옛 군가에 발을 맞춰 진군해오는 것 같았다. 드디어 뻗어 나온 가지들이 집을 에워싸듯 가로막기 시작했던 것이다.

흘러가는 강물을 볼 수 없이 가리더니, 그나마 들어오던 창문의 햇살마저 가리기에 이르렀다. 해가 지는 저녁 무렵이 되어서야 햇빛이 들었다. 나뭇잎에 포위된 집에서 내가 할 수 있는 선택은 단순했다. 결국 강 건너 정원사를 찾아갔고, 나무들을 솎아내기로 했다. '이 나무는 자르면 안 되고, 저 나무는 살려야 하니까 그 옆에 거를 손봐주시고……' 그렇게 나무들을 골라주었다.

나무 손질을 하러 정원사가 오기로 한 날이었다. 서울에서 한 시간 남짓한 거리를 서둘러서 작업실로 내려갔지만, 새벽같이 들이닥친 정원사에게 이미 자작나무들은 잘릴 만큼 잘려나가 있었다. 숭덩숭덩. 뎅겅뎅겅. 거의 잔혹하다고나 해야 할 모습으로 서 있는 나무들을 보는 내 일그러진 얼굴에다 대고 정원사는 아주 흡족한 표정으로 말했다. '이제 저것들도 좀 살 것 같을 겁니다. 나무 꼴도 되고요.'

정원사가 다녀간 지 며칠이 지나, 이제 강물이 훤하게 드러나는 창 앞에 앉아 가지가 잘려나간 자작나무들을 바라본다. 회복된 풍경이 그 사이로 펼쳐진다. 흘러오는 강물이 하나 가득 바라보이고, 차를 마시고 음악을 듣던 그 자리, 나뭇잎이 커튼처럼 에

위싸던 그 창으로 이제 겨울 강물이 알몸을 드러내며 흘러간다.

어제는 어두워지는 뜰에서 자작나무 흰 껍질을 벗겨주며 속삭였다. 내가 다시 이 나무들을 자르거나 솎아줘야 할 때가 오면 나는 차라리 여길 떠날지도 모른다고. 그때 내 무책임한 약속을 향해 나무가 속삭였다. '함께 가면 되잖아요.'

그렇구나. 내가 다시 어디론가 흘러가게 된다면 그때는 너희들을 파서 함께 옮겨가야겠구나. 나무와의 약속 앞에서는 모든 것이 희망이었다. 자작나무여, 너와 나는 그리움을 생각한다. 그랬다. 그것은 사랑이 아닌 그리움이었다. 너희들을 처음 심었던 그때, 개울 건너편에서 무리 지어 서 있는 너희들을 바라보던 그 봄날 저녁을 나는 잊지 못한다. 나보다 더 오래 이 세상을 살아간 너희들이 그때 그 산비탈에 서 있었다. 묻혀서 흙이 되어갈 나를 뿌리로 감싸며 울창하게 살아 있을 너희들이.

이루어지지 않는 꿈도 있기에

이 세상을 살아오면서 참 많은 아름다움을 만났습니다. 어쩌면 하루하루가 그 아름다움을 만나러 가는 나들이였는지도 모릅니다. 아름다운 사람을, 아름다운 시간을 그리고 아름다운 땅을 찾아다녔습니다.

그런 마음으로 눈을 생각합니다. 이 세상의 아름다움이 어디 눈으로 느끼는 것만 있겠습니까. 목소리에서 음악까지 귀로 듣는 아름다움은 또 얼마이며, 몸으로 겪은 아름다움이나 가슴으로 느꼈던 아름다움은 얼마였겠습니까.

바람 하나만 해도 그렇습니다. 불어오는 바람 하나를 내 살결로 느끼며, 숨을 들이켜서 품으며 그리고 마음으로 그 신선함을 간직했습니다.

그렇다고는 해도, 그 무엇과도 비교할 수 없이 얼마나 많은 아름다움을 나는 눈을 통하여 가질 수 있었던가 생각합니다. 안경을 쓰게 되면서야 비로소 그것을 알고 나는 탄식처럼 되뇌곤 했습니다. 눈이여, 자네의 그 고마움을 이제야 안다네.

햇살이 부서지던 그리스의 대리석과 시베리아의 끝없이 이어지는 자작나무숲과 리비아 사막의 가슴 저리도록 광막한 넓이를 볼 수 있도록 해준 너. 남한강 옆을 끼고 달리는 6번 국도의 겨울 안개를 알게 해준 것도 너였고, 서울과 춘천을 오가는 도로 위에 폭설처럼 흩날리며 쏟아지던 봄밤의 아카시아 꽃잎을 바라보게 해준 것도 너였다. 더할 나위 없는 감사의 마음을 너에게 바치네. 어린 딸의 손을 잡고 거닐며 제주도 협재 바닷가의 해 지는 모습을 바라보게 해준 것도 너였고 막막하게 또 하루를 시작하며 창문을 열 때 '오늘은 어제가 아닌 새로운 하루야' 소리치는 아침 햇살을 만나게 한 것도 너였으니까.

어느 날 약병의 작은 글자들이 부옇게 흐려 보이기 시작했을 때, 무심히 생각했습니다. 이제 나이가 드는가 보다 했습니다. 신문의 글자가 흐릿해 보이기 시작했을 때는, 제법 달관한 듯 중얼거리기까지 했습니다. '눈이 나빠진다는 건 이제 큰 글씨만 보고 살라는 뜻이겠지. 작은 글자까지 읽어가며 무엇을 속속들이 알고자 할 게 아니라 제목만으로도 미루어 짐작하면서 오히려 그 행간에 숨어 있는 의미를 헤아려 보라는 뜻일지도 모른다. 이제는 활자가 아니라 나이와 지혜로 사물의 흐름을 이해해야 할 때가 아닌가. 그리고 그것을 '이성의 속삭임이며 힘이라고'까지 생각했었습니다.

처음으로 안경을 쓰게 되었을 때, 그래서 그 모든 것을 순리로 받아들였는지도 모릅니다. 안경을 쓴 거지는 없다던데, 만년에 거지는 되지 않으려나 보다. 그렇게 중얼거리며 웃기까지 했습니다.

'나에게서도 청춘은 이렇게 사라지는구나' 하는 회한과 쓸쓸함을 뒤로하며 나는 순순히 의사의 권유에 따라 안경을 썼습니다. 안경을 끼고 나자 갑자기 눈앞이 그렇게 달라 보일 수가 없었습니다. 신문을 펼쳐들면 갑자기 환해졌고, 사전의 글자를 찾는 게 불편하지가 않았습니다. 전자제품의 안내서도 꼼꼼히 읽을 수 있었고, 휴대전화의 작은 자판 따위는 문제도 되지 않았습니다.

그러나 거기에는 몰래 기다리고 있던 또 다른 수난이 있었습니다. 의사가 한 마지막 말이었습니다.

"그런데…… 안경이 하나로는 안 되겠는데요. 눈이 너무 섬세하세요."

섬세하다는, 내 마음을 헤아린 교양 넘치는 의사의 그 섬세함이라니. 그러나 그가 말한 섬세함은 내 마음이 아니라 눈이었습니다. '눈이 섬세하다니.' 이건 또 무슨 소리인가 싶었지요.

그때 내 눈은 돋보기 하나로 끝나기에는 너무 복잡하고 지저분하게 망가지고 있었던 겁니다. 안경 세 개를 가지고 그때그때 갈아 쓰지 않으면 안 되게 내 눈은 엉망진창이 되어 있었던 겁니다. 눈의 조리개가 너무 헐거워져서 스스로 초점을 맞추지 못합니다. 돋보기를 쓰면 책은 읽겠는데 컴퓨터 화면이 보이지 않고, 컴퓨터 글자에 안경 도수를 맞추면 그걸 끼고는 책을 읽을 수도 없고, 멀리 있는 것은 물론이려니와 운전은 생각할 수도 없습니다. 그렇게 해서 결국 나는 책을 볼 때 쓰는 안경, 컴퓨터 앞에 앉아 글을 쓸 때 쓰는 안경 그리고 운전을 할 때 쓰는 안경…… 그렇게 세 개의 안경을 가지고 살아가야 하는 나락으로 떨어진 겁니다.

삼두마차를 몰고 전차 경주를 하듯 세 개의 안경을 갈아 끼며 살아가는 비참함이 어떤 것인지 아시겠습니까. 그렇게 좋던 내 시력에게 배반을 당한 느낌. 아니, 그렇게도 안경을 쓰고 싶어 했던 저 어린 시절이 나에게 가하는 찬란한 복수의 하루하루였습니다.

세 개의 안경을 필수품으로 간직한 채 살아가야 하는 지금에 와서야 나는 비로소 결핍이라는 것이 얼마나 중요한 각성을 주는가를 깨닫습니다. 무엇인가가 부족할 때야 비로소 그 가치를 아는, 있어야 할 자리에 그것이 없을 때 비로소 그 존재의 두께와 넓이를 아는 이 지혜의 가난함을 어찌해야 할 것인지.

있을 때 잘하라는 농담이 그토록 뼈저린 진리였음을 이제야 알다니요.

며칠 전 또 안경을 맞췄습니다. 눈이 더 나빠져서 도수를 올려야 했기 때문입니다. 도수를 올린 안경을 끼면서, 그만큼 밝아진 눈으로 글을 쓰기 위해 모니터를 바라보고, 책을 펼치면서 새삼스레 떠올립니다. '참 눈이 좋으시네요.' 그런 말을 듣곤 하던 내 눈과 거기 스쳐간 세월을.

도대체 왜 똑같은 눈이 두 개씩이나 얼굴에 있어야 하는 것일까. 그건 어린 시절 나에게 의문 아닌 의문이었습니다. 콧구멍도 두 개고 귀도 두 개, 팔도 다리도 두 개씩이니까 거기 짝을 맞추기 위해 눈도 두 개를 만들었나 보다 생각할 수도 있었지만, 생각해보면 그것도 아니었지요. 기왕에 하느님께서 그렇게 만들 거라면 입도 두 개, 배꼽도 두 개 거기다가 고추도 두 개여야 하지 않는가. 그런 생각을 했던 거지요.

이 생각이 내 상상력을 자극했다고까지 과장하지는 않겠습니다. 쓸모없는 생각이나 하던 어리바리하기 짝이 없던 내 소년 시절의 한 상징으로 이 몽상은 남아 있으니까요. 기왕에 만드는 거, 두 개씩을 만들면 좋았을 것을. 입이 두 개라면 얼마나 편리할까. 한 입에는 밥 먹고, 한 입으로는 반찬을 먹을 수 있다면 배고플 때는 얼마나 빠르고 편할까. 어디 그뿐일까. 한 입으로는 나쁜 놈, 욕을 하면서 다른 입으로는 착한 애, 칭찬을 할 수도 있을 텐데.

생각도 진화하더군요. 두 개씩 만드는 게 무리였을지도 모른다. 그렇다면 하나라도 왜 거기다 달아놓았느냐는 장소에 대한 의문이었습니다. 쓸데없이 똑같은 눈을 얼굴에 두 개씩 나란히 붙여놓을 게 아니라 하나는 얼굴에 붙이고 하나는 손가락 끝에다 붙여주었다면 얼마나 좋을까. 이 생각을 했을 때 나는 자신의 창의력에 감동했고 창조주께서 그렇게 멍청하게 느껴질 수가 없었습니다.

'손가락 끝에 붙어 있는 눈, 요것조것 찾아내고 여기저기 기웃거리기에 얼마나 편리할 것인가. 아, 그렇다. 무엇을 떨어뜨리고 나서 책상 밑을 기웃거리지 않아도 되고, 주머니를 까뒤집을 필요도 없다. 슬쩍 손가락만 집어넣으면 다 보이지 않겠는가. 시험이라도 칠 때는 얼마나 좋을 것인가. 손가락만 옆으로 돌려도 옆자리에 앉은 녀석의 답안지가 훤히 보일 게 아닌가.' 시험 때만 되면 그 생각은 더 간절했습니다. 뒤통수를 긁적거리기만 해도 단번에 뒤에 앉은 녀석의 시험지를 볼 수 있을 테니 말입니다. 초등학교 때부터 수학이 약했기에 그 생각은 더 간절했습니다. 그랬답니다. 신열에 들떠서 일주일 동안 학교를 결석하면서 대분수를 모르고 껑충 뛰어야 했던 내가 산수시험에 나온 대분수를 보며 그토록 간절했던 손가락 끝의 눈알. 나는 지금도 그 일을 잊지 못합니다.

그랬던 소년이 자라서 글쟁이가 된 아주 훗날 한 남자를 만났을 때입니다. 신문사 부장이라는 이 마흔이 넘은 남자가 어느 날 술자리에서 말하는 겁니다. 자기는 손이 세 개였으면 좋겠다고. 한 손으로는 술잔을 잡고, 한 손으로는 포커를 하면서, 한 손으로는 여자를 안고 있을 수 있으면 그것이야말로 행복의 극치가 아니겠는가 어쩌구. 술이 하는 소린지 인간이 하는 소린지 모를 말을 마흔이 넘은 남자가 주절대는 것이었습니다. 나는 초등학교 때 이미 깨달은 진리를.

쉽게 풀어 말하자면, 그 인간이 그때 한 말은 음주에 도박에 음란까지 실시간 라이브 방송을 하겠다는 것이었는데, 그때 그 인간이 싫거나 한심하게 느껴지지가 않았답니다. 좀 어이없긴 했지만, '꿈이 있어 좋구나' 하며 같이 히히히 웃었습니다. 꿈은 다만 꿈으로서 질량으로 허무하게 완성되는 것이지 거기 무슨 고품격이 있고 저질 불량이 있나요. 오래 잊고 있던 내 소년 시절의 그 꿈을, 손가락 끝에 눈을 달아주셨다면 얼마나 좋을 것인가 생각했던 그 꿈을 나는 떠올리고 있었던 거지요.

눈에 대한 또 다른 추억은 좀 비참합니다. 내 중학교 시절이었습니다. 그때 왜 그렇게 안경이 쓰고 싶었는지 모르겠습니다. 정말로 이 세상의 그 무엇보다도 안경이 쓰고 싶었습니다. 모자도 바지도 멋진 운동화도 아니었습니다. 하얀 칼라의 교복을 입은 여자친구를 꿈도 안 꾸던 때였으니 요술지팡이를 든 마법사라도 나타나 '네 소원이 무엇이뇨?' 하고 물었다면 나는 '안경이요, 안경!' 하고 소리쳤을 겁니다.

그래서 내가 무슨 짓을 했는지 아십니까. 학교를 오갈 때도 쉬는 시간에 교실 밖에 나와서도 햇빛을 보고 있었다는 겁니다. 바늘로 눈을 찌를 수는 없으니까 그렇게라도 해서 시력이 망가지기를 간절하게 빌었던 겁니다. 밤에 자려고 누우면 눈이 아려오고 눈물이 비질비질 흐르곤 했으니까요.

그 결과는, 참혹했습니다. '눈 다래끼'라고 아시나요. 잘못한 것은 하나도 없는데 공연히 사람을 병신(?)같이 지저분한 놈으로 낙인을 찍는 그 눈병, 서른 살 무렵까지 내 눈에서 그 결막염이, 끊이지 않는 만성질환이 찾아왔던 겁니다. 여름 수영장에서 눈병이 기승을 부린다는 뉴스만 봐도 눈이 근질거리기 시작하던 비참함이라니.

'꿈은 이루어진다.' 이 말은 맞습니다. 그러나 정확하게는, '꿈은 늦게라도 이루어질지 말지 모른다'가 맞습니다. 눈과 안경에 대한 저의 간절한 꿈이 노안이 되어서야 이루어진 세월이 단언하는 진실입니다. 아주 통절하게, 서글프게도 돋보기를 써야 하는 신세가 되어서야 만난 나의 안경, 그렇지요. 꿈이 이루어지기는 했습니다. 엉망진창의 만남이긴 했어도. 그리고 말입니다. 이게 정말 꿈이 이루어진 걸까요.

그랬기에 이 말씀을 드립니다. 세상에는 이루어지지 않는 꿈도 있다는 것을. 그리고 이건 빨리 알면 알수록 현명함과 지혜가 된다는 것을.

격투기와 테니스

복음성가로 알려진 '내일 일은 난 몰라요'라는 노래가 있다. 한때 나도 참 좋아했던 노래였다. 가사의 간절함에도 마음을 적시는 힘이 있었다. '내일 일은 난 몰라요. 하루하루 살아요. 불행이나 요행함도 내 뜻대로 못해요. 좁은 이 길, 진리의 길, 주님 가신 그의 길. 힘이 들고 어려워도 찬송하며 갑니다.'

민희라 씨의 노래로 처음 이 노래를 들었었다. 통렬한 가사에 유장한 리듬, 거기에 떨림이 강한 민희라 씨의 목소리까지, '참 좋구나' 하면서 작사, 작곡까지 우리 노래인 줄 알았었다. 그런데 알고 보니 외국곡이었다. 그래미상 수상자인 앨리슨 크라우스(Alison Krauss)가 불렀고 이름의 가사도 많이 의역이 되어 있었다. '우리의 내일을 주재하시는 분을 저는 알아요(I Know Who Holds Tomorrow)'라는 의미의 제목까지도.

우리말 가사에 슬프고 하염없는, 청승스럽기까지 한 정서가 깔려 있다면 영어로는, '내일 일은 주님의 것이니 주님 손을 잡고 그분의 뜻에 따라 걸어가리라'는 담담한 마음이 담겨 있다.

'내일 일은 난 몰라요. 노래와는 다른 의미로 요즈음의 나에게 그런 일이 벌어지고 있다. 정말 내일 일은 모르는구나' 하는 어이없음에 스스로도 놀란다.

다른 이야기가 아니다. 어쩌다 이렇게 되었을까 싶게 나는 요즘 UFC 격투기나 테니스 TV중계에 빠져서 산다. 경기의 룰은 물론 선수들의 이름과 계보까지 훤한 마니아가 되었다.

문제는 내가 투기 스포츠와는 인연이 없는 삶을 살아왔다는 데 있다. 격투기는커녕 매일 붙어서 학교를 오가던 친구와 투닥투닥 싸운 후 이내 화해를 했던 그 중학교 2학년 때의 마지막 싸움 이후 나는 누구와도 주먹질을 해본 적이 없다. 테니스는 또 어떤가. 경기장에 구경을 가기는커녕 라켓을 잡아본 적조차 없다.

권투선수를 주인공으로 한 소설을 쓰고 있을 때 작품을 위한 취재차 두 달여 복싱도장에 나간 적은 있었다. 줄넘기를 시작으로 섀도복싱까지를 배웠던가. 뒤돌아보면 운동이라는 이름으로 무얼 해본 적이 없이 산 세월이었다. 했다면 겨우 조깅 정도였다.

그 무렵 경주에서 열리던 동아국제마라톤에서 맨 앞을 달리는 선수를 따라가는 취재 1호차에 육상 전문기자와 함께 취재를 하고 난 후였다. '내년에는 취재가 아니다, 동아국제마라톤 아마추어 부문 하프코스에 도전한다!' 그런 각오로 차츰차츰 거리를 늘려가며 매일 8킬로미터까지를 달렸었다. 그러다가 끝이었다.

수영을 한 적도 있기는 했다. 나이 사십 즈음이었다. 수영이야 강에서 놀던 어린 시절부터 손발을 버둥거리는 개헤엄을 치며 물에 가라앉지 않을 정도는 되었었다. 거기에 조금 스킬을 더해서 주로 평영을 하며 1년쯤 수영장을 드나들었었다. 수영도 그러다가 끝이었다.

그렇게 살아온 내가 격투기와 테니스 경기를 즐겨보게 되었다니, 내가 생각해도 얼마나 이상한 일인가, 스스로도 믿어지지가 않는다. 내일 일은 난 몰라요, 말 그대로다.

내가 TV의 격투기 중계에 빠져서 소파에 비스듬히 너부러지기라도 하면 아내와 딸은 아예 체머리를 흔들며 자기 방으로 들어가버린다. 자리를 뜨는 NBA를 즐겨 보는 아들도 마찬가지다. 어떻게 인간이 저런 걸 보며 키들거릴 수 있느냐는 표정들이다.

"아아니! 아빠는 뭐 저런 걸 다 봐요. 차암."

격투기에 점입가경인 나를 바라보는 딸아이의 표정은 탄식을 넘어서서 경멸에 가깝다. '드디어 아빠가 미쳤구나, 미쳤어.' 찡 그린 얼굴이 그렇게 말하고 있다.

여기에 스스로도 이해가 되지 않는 점이 또 있다. 격투기와 테니스는 판이하게 다른 스포츠라는 점이다. 닮은 점이라면 이 두 경기 모두 내가 한 번도 해본 적이 없을 뿐만 아니라 경기장을 찾은 적도 없는 스포츠라는 점이다.

테니스는 스포츠 가운데서도 선수가 서로 몸을 부딪치지 않는 평화로운 운동이긴 하다. 공격을 할 때도 상대의 몸이 아니라 빈자리를 찾아 공격을 한다. 상대적으로 격투기는 어떤가. 처음부터 서로의 온몸이 뒤엉켜서 치고 때리고 목이 부러질 정도로 메다꽂기도 한다. 발로 차고 깔고 앉아 상대를 떡이 되게 실신시키기까지 한다.

친구 중에 테니스야말로 가장 평화롭고 신사적인 경기라는 예찬론자가 있었다. 그는 '미식축구는 땅 뺏기 경기'라고 경멸했고, '농구나 배구는 손으로나 하지만 하물며 인간에게 손을 절대 쓰지 못하게 하면서 발과 대가리로 공을 쳐서 골대에 넣는 축구야말로 원시적이고 비인간적이고 저급한 경기'라고 비하했었다.

그럴까. 테니스가 평화롭고 신사적인가. 상대방이 없는 곳으로, 받아치지 못할 곳으로만 골라서 공을 보내는 테니스야말로 지극히 사악한, 실로 치사하기 이를 데 없는 경기가 아닌가. 코트 끄트머리 구석구석 상대가 비워놓은 곳으로 공을 찔러 넣어서 선수의 가랑이를 찢어질 정도로 고통스럽게 하고(이때 대부분 테니스 선수에게 사고가 일어난다) 여자선수를 민망하게 만들기도 하는, '정의롭지 못한 인간의 속성을 가장 적나라하게 보여주는 스포츠가 테니스가 아닐까' 묻게 된다.

격투기는 테니스와는 정반대다. 처음부터 서로 몸을 부딪친다. 상대의 몸을 부서서 쓰러뜨려야 한다는 절대명제가 격투기에는 있다. 테니스의 치사한 잔혹함과는 그 질이 다른 잔혹성이다. 불덩어리의 전차가 되어 상대와 맞서 부딪치며 온몸으로 파멸을 향해 나아가는 격투기는, 차라리 얼마나 정정당당한가.

스포츠와는 담을 쌓고 살아온 내가 이 지경이 되었다. '내일 일은 난 몰라요' 노래가 아니라 요즈음의 내가 그렇다.

한해살이 꽃을 심는 마음

늦은 봄, 아니 어느새 초여름의 무더위가 와 있는 마당에서 아내와 함께 꽃을 심었다. 내일 세상이 끝난다 해도 사과나무를 심겠다고 한 사람의 말을 우리는 기억한다. 나무를 심는 일에는 먼 내일에 대한 믿음이 담겨 있다. 염원이 담기고 간절한 꿈이 엉킨다.

늙음이란 다르다. 나무를 심지 못하는 나이다. 하루하루가 망각 속으로 걸어 들어가는 것 같은 캄캄한 세월이 간다. 내 요즈음이 그렇다. 무엇보다도 속수무책으로 기억력이 무너져 내린다. 안경을 가지러 거실로 갔는데 정작 거실에 나와서는 '내가 여길 왜 나왔지?' 하며, 서 있다.

'내가 금붕어가 되어가는구나.' 그런 생각도 든다. 누군가가 그랬다. 금붕어의 기억력은 3초라고. 그래서 어항 속에 갇혀 있는 걸 기억하지 못하고 유리벽까지 왔다가는 돌아가고, 3초 후면 또 오는 일을 반복하며 끊임없이 어항 안을 맴돈다고. 내 생활의 일부가 그렇게 망각 속에 매몰되어 가고 있다. 여기에 무슨 믿고 기다릴 내일이 있어 나무를 심으라는 말인가.

그러나 꽃을 심는다는 것은 다르다. 내일이 아니다. 오늘 누리는 기쁨이다. 그랬기에, 늦은 봄이라도 늦음을 생각하지 않고 꽃을 심은 것은, 내일 아침이면 이슬을 머금고 펼쳐질 꽃잎의 기쁨을 생각해서였는지도 모른다.

오래전의 기억이다.

어느 봄날 서울 양재동의 꽃나무 시장으로 꽃을 보러 갔었다. 무언가 마당에 심을 것이 있을까 싶어, 나무를 파는 집에 들렀을 때였다. 즐비하게 늘어선 여러 품종의 장미 묘목 사이를 지나 이름도 낯선 꽃나무들 사이를 돌고 있을 때였다. 옆에서 나무를 둘러보던 노부부가 가만가만 속삭이고 있었다.

"저거 심으면 좋겠네요, 여보."

아내의 말에 남편이 탄식처럼 대답했다.

"저걸 심어서…… 언제 꽃을 보나, 이 사람아."

두 분 모두 흰머리가 나부끼는 일흔 안팎으로 보이는 부부였다. 아하, 칠십이란 저런 나이인가 싶었다. 나무를 심으며 그 나무가 자라 꽃이 필 세월을 가늠해봐야 하는 나이, 그것이 칠십이라는 나이인가.

그럴 것이다. '어린 나무를 심으며 그 나무가 자라 꽃을 피워 올리고 열매가 익어갈 세월을 함께할 수 있을까'를 가늠해봐야 하는 나이, 저것이 노인의 현명함이리라 생각했었다. 그때 나는 오십 대였다. 저 노인들이 그 어린 묘목을 심어 '어느 날 열매를 따 만지작거려 볼 수 있을 때는 언제일까'를 나도 모르게 떠올려 보았었다. 내게도 저 나이가 올 것인가. 어렴풋이 그런 생각을 했던 날들이 화살처럼 지나가고 어느새 내가 이제 그 나이에 와 있는 것이 아닌가, 이 늦은 봄날에.

젊은 날, 풀꽃들을 생각할 때마다 꿈꾸는 마당이 있었다. 열일곱 살의 고모가 어디선가 가져다 심은 백일홍과 봉선화, 맨드라미가 자라는 뒷마당 같은 꽃밭을 갖고 싶었다.

중요한 것은 그때 내가 생각한 열일곱이라는 이미지였다. 그 열여섯은 어딘가 너무 어려 보이고 풋내가 난다면 열여덟은 또 어느새 무르익어 벌써 농염하지 않은가 싶었다. 열일곱은 그 두 세계가 아직 언뜻언뜻 담 너머처럼 함께 바라보이는 그런 나이는 아닐까. 그런 열일곱의 고모가 스적스적 심어놓은 꽃들이 피어나는 마당이었다. 어느 여름날이면, 열일곱 살의 고모가 심은 봉선화와 맨드라미와 족두리꽃이 이슬비 내리듯이 피어 있는 그런 마당을 가지고 살고 싶었던 것이다. 화들짝 소리가 날듯이 꽃들이 무성한 꽃밭이 아니었다.

그러나 이슬비 내리듯이 피어나는 꽃들을 심으리라는 젊은 날과 달리 나이가 들어 꽃밭을 가지게 되었을 때 나는 당당하고 화려한 장미로 꽃밭을 채우고 있었다. 그것도 백 포기가 넘는 장미를 심기 위해 서로 다른 품종을 찾아 화원을 돌고 있었다. 세월이란 이렇게 사람을 이렇게 변하게 하는구나 싶었다.

품종이 서로 다른 세 자리 숫자의 장미를 꿈꾸던 그 무렵 봄이 오면 서울 근교의 농원들을 살펴보았다. 여기저기서 몇 그루씩 장미를 구하러 다녔다. 그래서 마흔 그루가 채 안 되는 장미가 마당에 울울했던 봄이었다.

아침 시간이면 출근을 하는 젊은이들이 지나가곤 하던 역삼동 집에서의 일이었다. 열 송이 정도의 장미를 잘라, 가시가 있는 대궁이 쪽을 쿠킹호일로 싼 다음, 집 대문 앞에 의자를 놓고 내놓았다. 그리고 거기 조그맣게 써 붙였다. '가지고 가셔도 좋습니다.'

겨우 사나흘 그 짓을 했던가 싶다. 겨우 서른 그루가 넘는 장미로는, 아침마다 식탁에 그리고 아이들 방에 새 꽃을 꺾어 꽂아 주고 나서 매일 십여 송이의 꽃을 밖에 내놓는 게 힘들다는 걸 그때 알았다.

또 있었다. 장미를 기르며 안 것들이다. 색깔이 화려한 꽃들일수록 향기가 없었다. 오직 한마음이라는 듯 진한 단색으로 피어나는 장미일수록 향기가 짙었다. 자연이 이루어내는 평등함이었다.

장미만이 아니다. 수수한 꽃, 숨어 있는 듯 눈에 띄지 않는 꽃이면서 향기가 짙은 꽃들이 참 많다. 어디 그뿐일까. 사람의 발길을 잡을 리 없이 눈에 띄지도 않으면서 아무 곳이나 피어서, 또 아무렇게나 자라는 '못난 꽃'들이 있다. 빈 밭에 혹은 이끼도 자라지 않는 산비탈 험한 기슭에. 이 못난 꽃에게는 평화가 있다. 누가 꺾어가지도 파가지도 않는다. 이건 얼마나 큰 축복인가.

이 늦은 봄, 한해살이 꽃만을 심은 것이 아니다. 열일곱 살의 고모가 심었을 것 같은 봉선화와 맨드라미가 이슬비 내리듯 피어나는 뒷마당을 꿈꾸던 그 시절로 돌아가서 나는 올해 족두리꽃을 심고 수더분하기 짝이 없는 맨드라미와 봉숭아들을 심었으니.

내년에도 꽃을 심으리라, 한해살이 꽃을. 그러면서 후회하고 또 후회하리라. 다년생 꽃을 심을 일이지 어쩌자고 또 한해살이 꽃을 심을 자리를 비워두고 사는가. 어린 풀꽃들을 심다가 아픈 허리를 펴는 늦은 봄날, 나는 그렇게 후회할 것을 알면서도 또 꽃을 심고 있으리라.

늦은 봄 이 나이에, 아내와 함께 마당에 꽃을 심는 기쁨은 이 봄이 주고 가는 얼마나 아름다운 선물인가. 지금이 늦은 봄인가. 이른 여름인가. 굽이쳐 흘러드는 강물을 바라보며 물었다. 차라리 세월도 비켜가는 세월을 살고 있는 게 늙음인가 싶었다. 함께 늙어가는 아내, 꽃 그리고 마당이 함께한 봄이라니. 주여, 오늘 하루 또 제 늙음이 아름다웠습니다.

늙은 마음으로 나무를 심으며

봄이 왔지만 그 나무에는 물이 오르지 않았다. 나무에 잎이 피기를 기다리며 봄을 맞았는데, 옆에서는 작약이 소리를 치듯 솟아오르는데 나무는 미동도 없이 서 있기만 했다. 깨어나지 않는 나무의 긴 정적, 그 침묵을 하루하루 느끼는 사이 봄은 무르익어 갔다. 결국 겨울을 넘기지 못했나 보구나. 기다림의 끝에 가지 하나를 꺾어보았다. 나무는 이미 메말라 죽어 있었다. 지난가을 심었던 감나무였다.

늦가을, 작업실 영하당에서 멀지 않은 곳에 오일장이 서던 날이었다. 다 팔아보았자 몇만 원도 안 될 것 같은 푸성귀 따위를 가지고 나온 시골 할머니들이 줄지어 앉아 있는 길 건너편에서 감나무를 보았다. 사람 키보다 조금 더 클까 말까 한 감나무들이 트럭 옆에 비스듬히 세워져 있었다. 그 작은 나무들에 놀랍게도 주먹만 한 감들이 주렁주렁 달려 있었다. 길 건너편에서도 그 감이 보일 정도였다. 저 키에, 저 굵기의 나무에 감이 달린단 말인가. 놀라워서 가던 길을 멈추고 나는 길을 건너갔고, 그날 집으로 돌아가는 내 손에는 감나무 한 그루가 들려 있었다.

바다와 함께 감나무를 처음 본 것이 고등학교 3학년 때였다. 고3이 되어서야 처음 바다를 보았다고 하면 사람들은 의아해하며 묻곤 한다. '아니, 그동안 그럼 무얼 하고 살았어요?'

강원도 오지에서 1950년대의 소년 시절을 보낸 나는 그래서 늘 말하곤 한다. 해는 산에서 뜨고 산으로 지는 것으로 알고 자랐다고. 지평선이나 수평선 같은 말은 사전에나 있는 것으로 알았다고.

지금도 기억한다. 초등학교 4학년 때의 우리 담임선생님은 고향이 바닷가였다. 산에 갇혀서 사는 아이들이 안쓰러워서 그랬으리라. 방학을 맞아 고향에 다녀오며 선생님은 조개껍질을 가지고 왔었다. 우리 모두는 그때 그 비릿하고 짠 냄새가 나던 커다란 조개껍질을 처음 보았고, 신기해하는 우리에게 선생님은 조개껍질을 귀에 대어보라고 하셨다. 그때 귓가에 가득 담기던 쏴아, 하는 그 바람소리 아니 바닷소리, 조개껍질에서 들려오던 그 소리를 장 콕토의 시에서 읽은 것은 십여 년의 세월이 흐른 뒤였다.

고등학교 3학년 가을, 미시령을 넘어 강릉에서 열리는 백일장에 가면서 처음으로 바다를 보았다. 차멀미로 노란 물이 올라올 때까지 토하고 또 토하면서 정신이 아득해져서 가던 버스 창가로 바라본 동해, 망망하게 떠 있는 바다는 붓으로 그어놓은 하나의 선, 그것이었다. 바다는 선이로구나. 그런 생각을 하며 아무 감동도 없이 바다를 만났던 그 강릉에서 처음으로 감나무를 보았다. 내가 묵었던 여관 뒤뜰에 아주 커다란 감나무가 꽃이 피듯이 가득가득 열매를 달고 서 있었다. 그 감나무 뒤편에 바다는 또 무심하게 붓으로 그어놓은 선처럼 떠 있었고.

어느 늦가을 날, 만년의 화가 장욱진 선생 댁을 찾아가던 길에 아주 키가 크고 우람한 감나무가 서 있는 것을 보았었다. 감나무도 저렇게 클 수도 있구나. 오랜 세월이 흐른 후였는데도 그때 나는 잊지 않고 강릉에서 처음 만났던 감나무의 그 자욱하게 매달렸던 감을 떠올렸다.

일본 가고시마의 도예가 심수관 선생의 작업실 앞에도 우람하게 큰 감나무가 있었다. 초여름이었다. 감잎을 때리며 내리는 빗소리를 창밖으로 들으며 나는 그때 심수관가 400년에 걸친 도예의 역사를 들었다. 정유재란 때 일본땅으로 끌려온 후 살아낸 14대 400년, 이야기가 길어지면서 방이 어두워졌고 밖에 서 있는 외등의 불빛이 희미하게 방 안으로 비쳐들었다. 그 어둠 속에서 14대 심수관 옹은 말했었다. 도예가의 삶은 풀과 같다고. 어디든 풀씨가 떨어진 그 자리에서 잎을 틔우고 꽃을 피워올려야 한다고. 풀씨가 떨어진 그 자리, 나는 그곳을 시대와 환경으로 이해했었다. 그날 밤 감잎을 때리며 부슬부슬 내리던 빗소리가 어제처럼 들린다.

남한강가에 작업실을 마련하고 지내온 지 십여 년, 집 둘레에 자작나무를 심었다. 그러면서 늘 열매가 달리는 나무를 한두 그루 심고 싶다는 생각을 하기는 했다. 앵두나무를 한 그루 심을까. 사과나무는 벌레가 너무 꼬이니까 안 되겠고, 자두나무는 어떨까. 그런 생각을 하면서도, 그런 것까지 바라는 내 마음의 사치를 차라리 탓하곤 했다. 훗날 손자들이 생기고, 그 아이들에게 뜰에서 과일을 따 씻어주는 할아버지를 상상할 때면 발바닥이 가려울 정도로 기쁨을 느끼면서도 그러나 나무는 심지 않고 살았다.

길거리에서 감나무를 사서 돌아온 그날 저녁, 어둑어둑한 뜰에서 나무를 심으며 나 스스로도 나를 모르겠다면서 혼자 웃었다. 이걸 심어서 언제 꽃을 보고 감을 따랴. 희망을 심는구나. 어쩌면 희망이란 생명과 동의어인지도 모른다. 내년 봄에는 기다릴 게 하나 생겼구나. 그렇게 소년처럼 중얼거리면서.

감나무 한 그루를 심은 며칠 후였다. 강 건너 마을의 카페로 차를 마시러 갔을 때였다. 붓글씨를 쓰며 살아가는 카페 주인에게서 이곳은 강 옆이라 기온이 낮아서 장미나 감나무 묘목은 겨울이면 거의 얼어 죽는다는 이야기를 들었다.

집으로 돌아오며 겨울을 나도록 감나무를 싸주어야겠다는 생각을 했지만 이제는 시골에서도 볏짚을 구하기가 쉽지 않다. 농촌에서도 볏짚을 사서 소를 기르거나 논에 거름으로 뿌린다. 남의 논에 뿌려놓은 볏짚을 몰래 훔쳐올 수도 없고, 볏짚 한 단만 팔라는 말에 돌아온 대답은 '우리도 사 온 거유'라는 마을 사람의 찬바람이었다.

하는 수 없이 천으로 나무를 감싸서 동여매고 나니 바로 다음 날 비가 내리는 게 아닌가. 짚이라면 빗물이 흘러내릴 텐데 나무를 감싼 천이 물기를 머금고 얼어붙으면 이건 더 큰일이구나. 비 내리는 마당의 감나무를 내다보며 서성거리다가 아예 나무에 비닐을 씌워놓기로 했다. 희망도 기다림도 마찬가지로구나. 다듬고 감싸고 손질하면서만 희망도 기다림도 여물어가는 거로구나. 나무를 보며, 때늦은 깨달음처럼 그런 생각을 했었다. 어느새 그 작은 감나무는 나에게는 봄을 향한 기다림이 되어 있었다.

겨우내 창밖에서는 천으로 싸맨 감나무 한 그루가 커다란 비닐봉지를 뒤집어쓰고 겨울 강바람에 서걱서걱 소리를 내며 흔들렸다. 화사한 봄을 기다리던 마음이 거기 얹혀 함께 흔들리던 감나무가 끝내 죽고 말았던 것이다.

얼어 죽은 감나무를 파내고 난 며칠 후였다. 봄이 가고 있다고 스스로에게 중얼거리며 나는 다시 네 그루의 묘목을 심었다. 감나무 두 그루 그리고 배나무와 능금나무를 한 그루씩 섞었다. 키가 겨우 무릎 높이에 오는, 이번에는 더 작고 여린 묘목이었다.

언제 이들이 커서 꽃을 보게 될까. 아무 약속도 하지 않으면서 나는 나무를 심었다. 그러나 거름을 넣고 삽질을 하는 내 마음에서 그것은 희망이 되어 있었다. 꿈을 밀고 나가는 힘은 이성(理性)이 아니라 희망이며, 두뇌가 아니라 가슴이라고 한 러시아의 작가 도스토옙스키의 말을 떠올리며, 나는 지금 희망을 심고 있다고 스스로에게 속삭이기까지 했다.

그리고 한 달여, 이제 그 배나무와 능금나무가 잎을 틔우고 있다. 그런데 어쩐 일인지 새로 심은 두 그루의 감나무만이 또 잠잠하다.

나무를 심을 때마다 똑같은 생각을 한다. 이 나무는 나보다 더 오래 이 세상의 햇살과 바람 속에 살아 있으리라는 생각이다. 심은 나는 떠나도, 남아 있는 나무는 살아서 나를 그리워하려나.

풀도 나무도 날개가 없다. 날아다닐 수가 없기에 그들은 씨앗이 떨어진 그곳에 머물면서 한평생을 살다 마쳐야 한다. 이 봄에 나무를 심으며 나는 그들이 나를 찾아왔다고 생각했다. 그리고 사랑을 느꼈다. 그들이 자라는 것과 내 늙음은 맞닿을 길 없이 평행선을 그으며 뻗어나가고 있으니, 언제 꽃을 보게 될지 이처럼 막막하고 기약 없는 사랑도 없다. 그러나 나는 그들과 함께, 한 해를 행복해하며 다음 한 해를 기쁨으로 기다릴 것이다.

'사랑을 느꼈다'는 표현이 있다. 오랜 세월이 지난 후, 처음 만나던 날 헤어져 돌아가는 여인의 등 돌린 어깨와 뒷모습을 바라보며 처음으로 '사랑을 느꼈다'고 회상하는 영화 대사가 있다. 그러나 나는 저녁 무렵 이제 겨우 내 허리에 오는 키 낮은 묘목을 바라보며 그런 사랑을 느낀다. 하루를 그리고 그 하루가 모여 이루어질 한 해를 그들과 함께 사랑을 느끼며 살기를 바라는 간절함이 거기 깔린다. 어느 날 흐드러지게 흰 꽃을 피워낼 그날을 그리워하는, 이것도 사랑일 수 있다면.

잠 못 이루는 깻잎을 위하여

비닐하우스에서 길러내는 깻잎은 잠을 재우지 않는다고 한다. 대궁 하나에서 더 많은 깻잎을 따기 위해 24시간 촉수 높은 빛을 비닐하우스 안에 밝힌다고 한다. 이제는 깻잎마저 잠을 못 잔 것을 먹어야 하는 요즘에 이르렀다.

무얼 먹고 살아야 하나. 무엇을 입고 지내야 하나. 어디에 머리를 누이고 고단한 하루를 쉴 것인가. 그러나 이제 우리를 위협하는 기층문화는 이렇게 의식주만이 아니다. '여기에 어떻게 오갈 것인가'라는 교통문제인 행(行)이, '어떻게 자식을 길러낼 것인가' 하는 교(敎)가 합쳐진다. 그랬던 것에 최근 급격한 고령화와 함께 '어떻게 늙어갈 것인가' 하는 노(老)까지 어느 것 하나 우리들의 어깨를 짓누르며 힘들지 않게 하는 것이 없다. 의식주행교노(衣食住行教老)만이 아니다. 거기에 여행을 가든 골프를 치든 필라테스를 다니든 즐겁게 놀고 운동을 해야 하는 유(遊)와 동(動)까지 하지 않으면 안 되는 삶을 살아가야 한다. 그 하나하나가 돈과 시간을 바쳐야 하는 개인의 문제를 넘어, 국가의 정책과 사회문제로 연결되며 실타래처럼 얽혀 있다.

무얼 먹고 어떻게 살아야 하나, 오늘을 살아가는 우리들의 삶을 둘러보며 묻게 된다.

냉장고에 사다 넣은 양상추가 3주를 지났는데도 변하지 않았던 적이 있다. 썩기는커녕 푸른빛조차 변하지 않으면서 싱싱함을 넘어서서 생생할 때 나는 그 양상추가 무서웠다. 도대체 무슨 약품을 얼마나 들이부었기에 3주가 지나도 변하지 않은 양상추를 만들어낸 것일까. 이 무서운 양상추를 버리면서 내가 생각했던 것은 그 슈퍼마켓에서만은 이제 물건을 사지 말아야겠다는 겨우 그런 것이었다.

나는 금년 여름 삼계탕을 버렸다. 삼계탕 먹기를 포기했다는 뜻이다. 여름이면 그나마 즐겨먹던 보양식 가운데 하나가 삼계탕이었는데 시중에서 팔리고 있는 닭에 대한 단 한마디의 정보 때문이었다.

　최근 수입되어 각광을 받고 있는 닭의 품종 가운데 한 달이면 다 자라서 시중에 유통되는 닭이 있다는 것이었다. 영국인가 어디에서 개발된 품종이라고 했다. 한 달에 다 커버리는 닭도 있다니 놀라웠는데 이 닭을 기르는 계사가 경악에 가까웠다. 기르고 있는 닭들의 숫자와 닭장의 넓이를 계산하면 이 닭들은 태어나서 상품이 되어 팔려나갈 때까지 겨우 A4용지 절반 크기에서 자란다는 것이었다. 제대로 걸어보지도 못하고 A4용지 절반 크기에서 평생을 보내고 식탁에 오르는 닭을 먹는다고 생각할 때 삼계탕을 버릴 수밖에 없었다. '삼계탕 개시'라는 현수막이 너울거리는 식당을 지날 때마다 여름내 나는 중얼거려야만 했다. '이제 내가 닭을 먹나 봐라.'

　내 서재가 있는 서울 근교의 군에서는 면단위로 특화된 채소들을 비닐하우스에서 길러내고 있다. 예를 들자면 강동면은 상추, 강서면은 깻잎, 강남면은 부추, 그런 식으로 품종을 면단위로 지정해서 집중적으로 재배한다.

　내가 있는 면에서는 이 비닐하우스에서 '비름'을 주로 생산한다. 입과 줄기가 연한 데다가 살짝 데쳐서 나물을 해놓으면 향기가 감도는 감칠맛 때문에 어려서부터 좋아했던 채소의 하나가 비름이었다. 내 고향 강원도에서 쉽게 기르던 채소였기에 내 입맛이 기억하는 추억의 맛이기도 했다. 그런데 이상했다. 내가 사는 면에서 비름을 주로 기른다는 것을 안 후 늘 의아하게 생각한 것이 있었다. 동네 야채가게에서 도대체 비름을 볼 수 없다. 널려 있는 것이 비름을 기르는 비닐하우스인데 왜 조금만 걸어가면 손에 잡힐 듯이 가까이에서 기르는 비름을 슈퍼에서는 볼 수가 없는 것일까.

좀 오래된 이야기여서 이제는 그 식당조차 없어졌지만, 마을에 열무김치의 맛이 환상적인 식당이 있었다. 비름에 대한 그 비밀 아닌 비밀을 안 것은 식당 주인아저씨의 입을 통해서였다. 손님이 뜸한 저녁시간이었다.

주인 남자와 이런저런 이야기 끝에 내가 물었다.

"이 면에서 기르는 것이 비름인데 왜 슈퍼에서 비름을 팔지 않나 모르겠어요. 비름이 참 맛있는데. 식당에서도 비름을 반찬으로 내놓는 곳이 없고요."

주인이 웃으면서 한 대답이 나에게서 웃음이 사라지게 했다.

"이 면 사람들은 비름 안 먹습니다. 비름을 반찬으로 내놓는 식당도 없고요. 왠지 아세요? 농약을 얼마나 쳐대며 기르는지를 다 알거든요. 그러니 자기들은 차마 못 먹는 거지요."

그의 말은 여기서 그치지 않았다. 상추를 주로 기르는 옆의 면 사람들은 절대 상추를 먹지 않고, 깻잎을 생산하는 면에서는 그 깻잎을 어떻게 기르는지를 알기에 그곳 사람들은 절대로 깻잎을 먹지 않는다는 것이었다.

더 충격적인 말은 깻잎을 기르는 비닐하우스였다. 깨가 잠을 자지 못하도록 24시간 불을 밝힌다지 않는가.

달걀을 생산하는 농가에서 계사의 밝기를 조정하여 닭들이 밤과 낮을 구별할 수 없게 비정상적으로 재움으로써 하루에 알 하나를 낳는 닭을 두 알씩 낳게 한다는 말을 들어온 건 벌써 까마득한 몇 십 년 전, 내가 고등학교 때의 일이었다. 닭의 생태를 변화시킨 인간의 거침없는 무자비함이었다. 그런데 이제는 식물에 까지 이 수법이 동원되어 깻잎조차 잠을 제대로 재우지 않는다니. 자연을 거역하는 생산수단이 만들어내는 작물이 내가 모르는 사이 얼마나 많이 식탁에 오른다는 말인가. 성장촉진제를 비롯하여 병충해를 막는 온갖 농약을 동원하면서 여기에 식물에게 조차 밤낮을 혼란스럽게 하며, 깻잎까지 길러내다니.

이것이 우리 먹거리의 한 얼굴이라는 생각을 했을 때 분노보다는 허탈감이 밀려왔다. 어떻게 사람 사는 세상이 이 지경이 되었는가. 양으로 승부하는 농업, 생산품의 크기로 질이 결정되는 농업이 오늘을 만들어내고 있다. 크기만 한 과일들이 그 과일의 제맛을 찾을 수 없이 된 지는 이미 오래다.

여기에 또 하나 농업에도 민족성 혹은 국민성이 깊은 그늘을 드리우는 것도 문제다. 일본에 살 때였다. 일본농업을 망쳐놓은 것의 하나로 일본의 국민성을 꼽는 분석이 많았다. 예쁘게 생긴 것, 깨끗하게 생긴 것을 소비자가 선호하다 보니 당연히 농민들은 채소까지도 예쁘고 깨끗한 것을 길러낼 수밖에 없다는 것이다. 이 국민성이 예쁘고 깨끗한 농산품을 만들어내기 위해 농약을 퍼부을 수밖에 없는 일본농업 만들었다는 지적이었다.

우리는 어떤가. '기왕이면 다홍치마'라는 말이 있어서 오이도 호박도 정갈하게 일률적인 것들을 만들어내게 된 것일까. 그렇다면 왜 '큰 게 비지떡'이라는 말도 있는 우리 민족이 심심하고 퍼석퍼석할 뿐 아무 맛이 없이 크기만 한 그래서 비지떡이 된 과일과 채소가 넘치게 되었는지 모를 일이다. 왜 토마토에서 토마토 맛이 나지 않고 오이에서 오이 맛이 나지 않는, 크기만 한 채소들이 넘치는가. 꼬부라지고 비실비실하고 볼품없이 작은 유기농 야채들을 만지작거리며 한숨을 내쉬면서 생각하는 것의 하나다.

하루 24시간을 잊고 밤낮이 뒤엉킨 닭, 몇 십 미터마저 어슬렁거리지 못하는 좁은 우사 속에서 살다 인간의 먹거리가 되어야 하는 한우, 그러다가 이제는 A4용지 절반 크기에서 생애를 마치는 닭이 삼계탕의 재료가 되고, 깻잎마저 잠 못 이루는 나라가 만들어진 것이다(다행스러운 변화가 없는 것은 아니다. 비름을 기르던 그 마을에서 요즈음은 당당하게 '무농약'이라고 쓴 야채박스에 담은 비름을 출하하고 있다. 이곳 비름에서는 농약이 검출되지 않는다. 느리지만 아름다운 진화가 하나씩 이루어지고 있어 기쁘다).

우리에게는 그 비유가 참 정겹고 오묘하다고 생각되는 속담이 있다. '밥은 봄같이 먹고, 국은 여름같이 먹고, 장은 가을같이 먹고, 술은 겨울같이 먹어라' 하는 말이다. 봄, 여름, 가을, 겨울의 날씨와 연관해서 만들어낸 가르침이다. 밥은 봄처럼 따뜻하게, 국은 여름처럼 뜨겁게, 장은 가을처럼 서늘하게, 술은 겨울처럼 차게 마셔야 한다는 말이니, 자연의 섭리와 함께 하는 얼마나 절묘한 식문화인가.

이렇듯 우아하기까지 했던 지난날의 지혜를 음식에서 회복할 날은 언제일 것인가.

국물은 다만 국물이 아니다

그랬다. 언제나 그것이 문제였다. 국물, 그놈의 국물이었다. 먼 옛날이 아니다. 내가 소년기를 보낸 1960년대에서 70년대로 넘어가던 그 시절 도시락을 가지고 학교를 다니던 때였다. 당시에는 국민학교라고 부르던 그 초등학교를 내 또래들은 연필이

달그락거리는 필통과 함께 책 보따리를 들고 다녔다. 그러다가 중학교를 올라가게 되면 그때 책가방을 가지는 감격을 누리게 된다.

초등학교 졸업식 날 부르던 그때의 노래는 또 얼마나 비장했던가.

"잘 있거라 아우들아. 정든 교실아. 선생님 저희들은 물러갑니다. 부지런히 더 배우고 얼른 자라서, 새 나라의 새 일꾼이 되겠습니다." 지금 생각해도 참 정감과 희망이 있는 좋은 가사가 아닌가 싶은 이 노래를 부르고, 정들었던 교실에 남아서 펑펑 눈물을 흘리며 소리 내어 울던, 그렇게 비장하기까지 했던 졸업식을 마치고 중학생이 될 때 확연하게 달라지는 것이 몇 가지 있었다. 일제강점기 잔재가 분명한 검은 교복과 모표가 달린 모자 그리고 책가방을 든다는 것이었다. 간혹 중학생이 되었다고 선물로 하모니카를 받거나 손목시계를 차게 되는 친구들이 없던 것은 아니었지만.

그리고 비로소 영어를 만난다. 지금처럼 시내버스마다 옆구리에 영문자 광고를 붙이고 다니던 시절이 아니었다. 알파벳 인쇄체와 필기체를 쓰면서 중학교 시절이 시작되는 것이다. '소년이여 꿈을 가져라' 하는 그 낯설면서도 가슴 두근거리게 하는 말, 'Boys be ambitious!'를 가슴에 몰래몰래 새겨 넣으면서.

그렇게 일 년이 가고 한 학년이 끝날 때가 와서야 우리는 비로소 알았다. 새 모자가 땀과 흙먼지에 찌들고 새 교복의 무르팍이 튀어나오면서 낡아갈 때, 'Boys be ambitious'는 달콤했지만 잠깐의 유혹이었을 뿐, 그 무렵의 중학생이 가질 만한 꿈이나 희망이란 애당초 없었다는 것을.

그런 한 학년이 끝날 때쯤이면 남는 것이 또 하나 있었다. 그 가방, 한 해 동안 들고 다닌 가방이었다. 도시락에서 새어나온 반찬 국물로 찌들어 냄새가 나는 책가방이었다. 'Boys be ambitious!'만큼이나 찌들고 낡고 냄새마저 고약하게 풍기는 것은 가방만이 아니었다. 도시락의 반찬 국물은 새 교과서와 참고서를, 차곡차곡 정리했던 수학노트마저도 귀퉁이를 누렇고 검붉게 물들여버린 것이다. 'Boys be ambitious!'가 구겨서 버려졌듯이 시골 구석의 중학생이 품고 다듬을 꿈 따위는 애초에 없다는 것을 웅변해주는 하나의 상징처럼 책가방도 반찬국물에 찌들어갔던 것이다.

'스쿨푸드'라는 내 생각에는 이상하기 짝이 없는 음식이 있다. 학교 시절의 추억이 담긴 음식이라나 뭐라나 하는 게 그것이다. 그 식단에 등장해서 떠억 한자리를 차지하는 것이 도시락이다. 밥과 반찬이 따로 담기는 보온도시락이 아니다. 양철로 된

누런 직사각형의 도시락이다. 좀 괜찮게 사는 집 아이의 도시락에는 꼭 밥 위에 달걀 프라이 하나가 얹혀 있어서, 나처럼 한 번도 그런 도시락을 열어본 적이 없는 아이들의 자존심을 건드리며 기죽게 하던 그 도시락이다. 반찬국물이 기어 나와 참고서와 노트 귀퉁이를 무자비하게 공격, 색깔과 냄새의 원흉이 되던 그 도시락이다. 도대체 그것이 무슨 추억의 부스러기라도 된다는 말인가.

어머니들은 알고 있었을 것이다. 도시락 반찬의 국물이 새어 나와 노트를 적시고 참고서 귀퉁이를 물들일 것을 몰랐을 리가 없다. 그런데도 국물을 넣어야 했던 한국인의 음식에 대한 원형질이 어머니의 마음에서도 보이는 것이다. 모든 음식에는 국물이 있어야 제맛이 난다는 슬픈 전설이다.

국물, 이것은 다만 도시락 반찬에만 해당되는 것은 아니다. 한국음식에서 국물은 화려한 비상이면서 때로는 덫이자 멍에가 된다. 맛이 있느냐 없느냐의 잣대로, 국물은 모든 한국음식의 기본이 되는 첫걸음이자 한국음식의 본질을 좌우하는 핵심이 되어왔다. '국이나 찌개 따위의 음식에서 건더기를 제외한 물'이라고 사전에서 정의하는 국물은 유사한 외국어를 찾기 힘들다는 데서도 그 본질이 쉽게 이해가 된다. 한 예로 내 일본 친구는 서울에 와 설렁탕을 먹으면 꼭 '이 수프가 참 맛이 있다'고 한다. 도대체 설렁탕이 수프인가.

　내 짧은 외국어를 탓해야 할 일이겠지만, 영어나 일본어에는 우리가 국이나 찌개 혹은 김치에서 말하는 국물이라는 의미의 말이 없다. 일본어로는 가장 가까운 말로 시루(汁)가 있지만 이것 또한 우리의 국물과는 본질적으로 다르다. 국물을 영어로 수프 (soup)라고 번역하는데 이건 본질적으로 우리 음식의 국물이 아니다. 국물이라는 의미의 영어가 없다고 보는 게 옳고 한식의 국물은 아예 'Kukmul'이라고 쓸 수밖에 없다. 예를 들어 어린 시절에 쓰던 말, '너 한 번만 더 까불면 국물도 없을 줄 알아!'의 국물을 어떻게 번역을 하겠는가.

　문제는 이 국물이 건더기를 넘어서서 우리 음식에서는 그 요리 자체의 질을 결정한다는 데 있다. 건더기가 문제가 아니다.

　국물은 찌개나 국에서만 중요한 것이 아니다. 냉면 같은 국수류에 이르면 국물은 객체가 아니라 아예 주체가 된다. 그것만이 아니다. 김치에는 김치 국물, 깍두기에는 깍두기 국물이 있어야 한다. 그래야 해장국집에서 뜨거운 국물을 후룩후룩 마시면서 '어 시원하다'를 내뱉고, 설렁탕이나 곰탕집에서 '여기 깍두기 국물 좀 더 주세요!' 하는 말이 우렁차게 퍼지는 것이다. 어디 그뿐인가. 염장식품에조차 국물은 중요하다. 그래서 쇠고기 장조림에도 장조림 국물은 필요하고 간장게장에도 게장 국물이 제대로 된 맛을 내야하고, 게 껍질에 밥을 비벼서 먹어도 제맛이 나지 않는가. 합리적으로 생각하자면 염장식품에는 국물이 없어야 하는데도 그렇다. 왜 우리의 입맛은 이렇게 국물에 집착하는 것일까.

이름만 들어서는 지극히 폭력적인 음식에 묵사발이라는 것이 있다. 밥 위에 묵을 썰어서 올리고 거기에 송송 썬 김치를 얹어 물에 말아먹는 음식이다. 팔당호 기슭에는 이 묵사발을 먹으려는 사람들이 언제나 줄을 서서 기다리는 식당까지 있다. 이 집 묵사발도 맛의 비결은 묵이 아니라 말아먹는 물, 바로 국물에 있다는 걸 그 집을 찾는 손님들은 안다.

국물과 함께 우리 식문화를 버티고 있는 또 하나는 뜨거움이 아닌가 싶다. 뜨거움조차도 한국인에게는 맛이 된다. 다 먹을 때쯤에야 식는 것 그것이 한국의 뚝배기 음식의 특징이다. 혀를 댈 수 없이 펄펄 끓는 음식을 내오는 찌개를 작은 접시에 덜어서 식혀가며 먹는 게 우리들의 식습관이 아니던가. 말을 만들자면 우리의 음식은 온식문화가 아니라 열식(熱食)문화다.

갑자기 모임에도 잘 나오지 않고 눈에 띄지 않는 사람을 두고, '그 사람 요즘 어디 있어?' 하고 물을 때가 있다. 그때 별 볼일 없는 한직으로 쫓겨 가 있는 사람을 두고 우리는 '으응, 그 친구 요즘 찬밥신세야' 하고 말하지 않는가. 찬밥은 밥도 아닌 것이다.

따끈따끈해야 한국인에게는 음식이다. 찬 것은 음식이 아닐 지경이다.

요즈음 농촌에서 쉽게 만나게 되는 것에 논둑길, 밭둑길을 누비며 음식을 파는 소형 탑차가 있다. 이동식 식당이다. 이 차를 보고 있자면 참 철저하게 한국인의 음식문화를 공략하고 있구나 생각하게 된다. 따끈따끈하든 차갑든 일단 '국물'을 준비하고 비닐하우스가 대부분인 밭길을 누비면서 스피커를 울려댄다. '따끈따끈한 커피가 있어요. 시원한 냉면이 있어요.'

들일을 하러 나가면서 도시락을 싸가지고 가지 않는 게 한국인이었다. 왜 밭일을 나가면서 점심을 먹어야 하는데도 한국인은 도시락을 싸가지고 나가지 않은 걸까. 그건 바로 도시락에는 국물과 뜨거움이 없기 때문이었다.

지난날 한국의 농촌에서는 논밭이 멀지 않으니 집에 들어와 점심을 먹었고, 자빠진 김에 쉬어 간다고 아예 낮잠까지 자고 나가던 것이 우리의 농촌 일꾼들이었다. 일꾼이 많을 때면 여자들은 함지에 점심을 담아 이고 논과 밭으로 날랐었다. 밥과 반찬을 인 여인이 앞장을 서면 그 뒤를 뜨끈한 국이 따라나서고 맨 뒤에는 치렁치렁하게 머리를 땋은 딸아이가 막걸리 주전자를 들고 간다. 그 행렬을 앞서거니 뒤서거니 한여름 복날이면 없어질 게 뻔한 누런 강아지가 푼수 없이 껑충거리며 따라간다. 그 위를 노랑나비 한 마리가 너울거리다가 어디론가 사라진다. 뜨거운 음식과 국물의 조화는 그렇게 아지랑이 아롱거리는 봄날을 수놓던 우리들 봄날의 풍경이었다. 이제는 잃어버린 또 하나의 고향이었다.

술은 넘치는데 술잔이 없다

산수유도 지고 매화도 졌다. 초라하게 꼬부라진 모습으로 자작나무가 마른 꽃술을 떨어뜨리고 나자, 내 마당에서는 꽃이 사라졌다. 여름이 오고 있지만, 여름에는 향기가 없다. 여름 꽃에는 어쩐지 향기보다는 냄새라고 해야 할 것들이 넘친다.

봄이 와서 복사꽃이 필 때면 생각나는 친구가 있다. 지금은 서울을 떠나 멀리 경주 부근에 내려가 터를 잡아 살고 있는 도예가 친구다.

그가 경기도 이천 쪽의 산자락 밑에 가마를 열고 있을 때였다. 어느 봄날 그 친구에게서 전화가 왔다. 서둘러 내려오라는 느닷없는 전화였다. 내려오라는 뜻이 황홀했다. 뒤뜰에 흐드러지게 피었던 복사꽃이 지기 시작했다는 것이었고, 그 나무 밑에 술상을 마련했으니 어서 내려와 한잔하자는 것이었다.

친구의 도예공방 뒤뜰에 차려진 복사나무 밑에서 술잔을 들며 그렇게 그해 봄은 무르익어 갔었다. 언제 어디서 만나도 날줄과 씨줄로 결이 맞는 좋은 친구가 있고 떨어져 내리는 꽃잎이 있고 거기 술과 이야기가 어울려 질펀했으니 무엇을 더 바라랴. 바람이 불어오면 지는 복사꽃잎이 술잔 위에도 내려앉았다.

늘 느끼는 것이었지만, 이 친구의 집에 가면 다른 곳에서 느끼지 못하는 즐거움이 또 하나 있다. 그가 쓰는 그릇들이다. 밥그릇, 국그릇에서부터 초고추장 종지까지 상 위에 오르는 모든 그릇이 자신이 구운 그릇들이다. 젊은 도예가로 각광을 받으며 이름을 세운 후 분청으로 일가를 이룬 사람이라 그 하나하나의 그릇들이 범상치가 않다. 시중에서 구할 수 있는 그릇들, 쪼르르 그놈이 그놈인 그릇도 아닌 데다가 나름대로의 쓰임새에 따라 크기와 깊이가 다르게 자신이 빚은 그릇들이니, 음식을 먹는 즐거움만큼이나 그 그릇들을 보는 맛 또한 즐거움의 하나가 되어 일렁거린다.

어찌 그 그릇들이 탐나지 않으랴. 한번은 막걸리를 담아 술상에 내놓았던 호리병을 '이건 내가 가져가야겠다'고 우겨서 떼를 쓰듯 들고 온 적도 있다. '얼마를 낼까요?' 하고 물었더니 그 아내가 하던 말이 또 그 호리병만큼이나 격이 있었다.

'흙 값만 내세요.'

이 친구가 어쩌다가 아주 어쩌다가 자신이 쓰기 위해 구워낸 그릇을 두세 점 보내올 때가 있다. 몇 해 전에도 그랬다. 부쳐온 박스에는 동그란 잔이 딱 두 개 들어 있었다. 옹기 빛깔이 나는, 손바닥 안에 폭 들어가는 크기의 통통한 잔이었다. 그러나 아무리 돌려보아도 그 잔의 모양이나 크기가 무엇에 쓰자는 잔인지 용도가 떠오르는 게 없었다. 술잔이라고 하기에도, 찻잔이라고 하기에도 어딘가 마뜩잖은 잔이었다.

그가 껄껄거리며 들려준 사연, 잔을 만들게 된 사연에는 그 잔의 크기만큼이나 가슴을 서늘하게 하는 쓸쓸함이 있었다. 평생 녹차를 마셔온 친구였다. 차를 따를 때 결코 주둥이를 타고 물이 질질 흐르지 않는 절묘한 다관(차 우리개)을 만들어내던 그였다. 나도 그가 만든 차 도구들을 그래서 아끼며 써왔는데, 그런 그가 이제는 차를 마시지 못하게 되었다는 것이었다. 그런 말을 전하면서 풀어놓은 이야기에는 직업병이라고나 말해야 할 슬픔이 가시처럼 박혀 있었다.

평생 물레를 돌리며 일을 하다 보니 언제부턴가 다리에 불편함이 오기 시작했다는 것이었다. 그 이야기를 듣자니, 식당에서 의자에 오래 앉아 있자면 다리가 저려서 옆자리의 의자를 당겨 발을 올려놓던 그가 생각났다. 그저 그러려니 했었는데 본인이 느끼기에는 좀 심각했던 모양이었다. 의사로부터 녹차의 어떤 성분이 다리를 저리게 하는데 영향을 주고 있으니 녹차를 끊으라는 처방을 받았다는 것이었다. 그래서 마실 수 없게 된 녹차 대신 커피를 마시려고 자신이 만든 에스프레소 잔을 몇 점 보냈다는 것이었다.

무슨 놈의 에스프레소 잔이 이 모양이람. 잔을 내려다보며 그렇게 중얼거릴 수밖에 없었다. 친구가 자기 손아귀에 포근하게 잡히도록, 자기 입술에 따스하게 와닿도록 만든 그 손잡이도 없는 에스프레소 잔을 나는 그 후로 술잔으로 쓰고 있다.

그랬던 그가 좀 더 시간이 지나서 보내온 물건 가운데 커피잔이 있었다. 절묘했다. 둥근 전(윗 테두리)에 몸통에는 각을 준 특이한 모습이었는데, 그 얇은 전이 입술에 닿는 맛이 '어라 뭐 이런 게 다 있어' 싶게 감미로울 정도였다. 찻잔이 입술에 닿는 느낌이 이렇게 좋을 수도 있다는 것을 그때 처음 알았다. '역시, 대가란 이런 것이로구나' 하고 놀랄 수밖에 없었다.

어느 날, 나는 그에게 왜 우리나라에는 술잔이 없는지 모르겠다고 한탄하듯 물은 적이 있었다. 도대체가 식당에서 내놓는 그 유리 소주잔이 나는 싫다. 이름조차 마음에 안 드는 상표나 로고가 비쭉 얼굴을 내밀고 있는 주류회사 판촉물, 유리 소주잔을 보고 있자면 술맛이 싹 달아난다. 설거지를 제대로 안 해서 고춧가루가 묻어 있거나 벌레라도 빠져 죽어 있는 것만큼이나 끔찍하게 싫다. 내 눈에 이런 술잔은 술에 대한 모욕으로까지 느껴진다. 왜 우리는 음식과 그릇의 조화에 이처럼 무딘 것일까.

고등학교 시절 레마르크(Erich Maria Remarque)의 소설 『개선문』을 읽으며 알게 된 술의 하나가 프랑스의 압생트였다. 전쟁이 휩쓸고 있는 유럽의 암울함 속에서 파리로 망명한 사람들이 음울하게 오가는 그 소설 속에는 참 많게도 '그들은 압생트를 마셨다'는 표현이 나왔다. 이 슬픈 주인공이 마시는 압생트는 도대체 어떤 술일까. 내가 다닌 고등학교의 3층 도서관에서 소설을 읽으며 나는 압생트라는 술과 남몰래 짝사랑에 빠졌다. 그리고 십여 년이 넘게 흐른 후 내 생애 처음 파리에 갔을 때, 숙소에 여장을 풀고 그날 처음 마셔본 술이, 무색의 술에 물을 부으면 푸르게 색깔이 변하던 압생트라는 술의 환상이었다. 술이란 그런 것이고, 그렇게 자리매김해야 할 가치와 환희가 있는 것 아닌가.

이다지도 술을 그것도 소주를 좋아하고, 이다지도 술을 많이 마시고, 양주 수입을 이토록 많이 한다는 나라에 왜 우리의 술잔이 없는 것일까. 맥주에는 맥주잔이 있고 포도주에는 포도주 잔이 있다. 위스키에도 위스키를 마시는 잔이 있다. 그런데 우리나라 막걸리에는 막걸리 잔이 없다. 소주에도 소주잔이 없다.

술은 넘치는데 술잔이 없다. 왜 한국사람은 그토록 소주를 좋아하면서 따로 소주잔이 없는가. 대답은 늘 하나다. 누구에게서나 똑같은 대답이 돌아온다.

"쓸데없이, 별 걸 다 따지기는. 그냥 마시라구!"

아이스크림 어떻게 드시나요

아이스크림을 먹고 있는 사람들을 나는 늘 눈여겨 바라보며 혼자 웃곤 한다. 접시나 용기에 담긴 아이스크림을 스푼으로 떠먹는 경우의 이야기다.

사람들이 아이스크림을 먹는 모습은 정확하게 둘로 나뉜다. 한 부류는 아이스크림을 떠먹고 나서 그 패인 자리를 맨질맨질 판판하고 고르게 다듬어가면서 먹는 사람들이다. 그리고 다른 부류는 움푹 파인 자리 따위는 아랑곳없이 그냥 편하게 퍼먹는 사람들이다. 왜 아이스크림을 먹는 한국인은 이처럼 두 가지로 나뉘는 것일까. 누군가는 그냥 편하게 퍼먹는데 왜 누군가는 떠먹은 자리를 고르게 잘 정리 정돈하면서 먹는 것일까. 한국인만이 아니다. 일본이나 중국 사람도 이와 비슷하게 둘로 나뉘는 것을 본 적이 있다.

한 집안에서도 이 모습은 정확하게 둘로 갈린다. 한 가족이면서도 누군가는 푹푹 퍼먹는데 누군가는 한 번 떠먹고 그 자리를 가지런하게 맨질맨질 메워가면서 먹는다. 연로한 부모를 모시고 있는 분이라면 한 번쯤 집에서 이 실험 아닌 실험을 해봐도 좋다. 젊은 아들딸들은 푹푹 그냥 퍼먹는 쪽일 테고 나이든 부모님들은 퍼먹은 자리를 고르게 메워가면서 편편하고 가지런하게 정리하고 나서야 드시는 걸 볼 수 있을 것이다.

특수하고 지엽적인 것을 지나치게 일반화시킨다고 생각하겠지만 나는 이 모습에서 농경사회 의식과 산업사회 의식으로 갈라지는 한국인의 정서를 본다.

대량생산과 대량소비의 산업사회 구조에 길든 의식으로는 아이스크림을 그냥 떠먹을 뿐이다. 그 자리를 고르게 메우지 않는다. 그러나 산업사회를 살아가지만 그 의식은 여전히 물동이를 이고 우물물을 길러 나르고, 새벽이면 홰를 치며 우는 닭소리에 잠을 깨고, 내일 비가 내릴까 바람이 불까를 하늘을 보면서 걱정하던 농경민 의식에 잠겨 있는 사람들이 아직도 여전히 살아 있는 것이다. 이들 농경민 의식을 가진 사람들은 저마다 아이스크림을 앞에 놓고 한번 떠먹고는 그 자리를 맨질맨질 메우고 또 한번 떠먹고 하는 것은 아니겠는가.

농경사회의 의식으로 살고 있는 사람들은 형태를 중요시한

다. 물건의 형태가 찌그러지거나 색깔이 변하지 않는 한 그들은
그 물건이 온전하다고 믿고 싶어 한다. 색깔이나 형태가 변할 때
만 그 물건의 수명이 다한 것으로 알고, 못 쓰게 되었다고 생각
한다. 채소를 비롯한 모든 농산물이 그렇지 않은가. 모양이 변하
고 색깔이 변하면 그때가 되어야 그것은 폐기해야 할 몹쓸 것이
된다.

자식들이 무언가를 버리려고 할 때마다 '멀쩡한 것을 왜 버리
느냐'는 어른들이 있다. 멀쩡한 것은 형태나 색깔을 두고 내리는
평가다. 모양이 그대로 있고 색깔도 변하지 않은 물건은 어른들
눈에 여전히 사용가치가 있는 것이다. 그러나 그것을 버리는 아
들딸들은 형태나 색깔이 아니라 디자인이 바뀌고 기능이 다했기
에 버리는 것이다. 여기서 농경민 의식과 산업사회의 의식이 충
돌하고, 자식과 부모의 세대 차이가 파열음을 내는 것이다.

산업사회에 길든 세대들은 형태가 아니라 기능과 디자인으로
그 물건의 성능과 존폐 여부를 결정한다. 가전제품을 대하는 태
도에서 이 차이는 극명하게 드러난다. 냉장고를 비롯한 가전제
품은 아무리 써도 그 형태가 별로 변하지 않는다. 그러나 그 기능
은 쓰면 쓸수록 차이가 날 수밖에 없다. 그러다 보니 농경민 의
식으로 살아가는 부모는 '멀쩡한 물건을 두고 또 산다'면서 새것
만 좋아하는 자식들을 이해할 수 없고, 산업사회의 의식으로 살

아가는 아들딸은 '디자인도 후지고 성능도 개떡같이 느린 물건'을 버리지 못하는 부모가 어이없고 한심해 보이는 것이다. 색깔이 변해야 상한 것이고 형태가 찌그러져야 망가진 것이라는 의식을 가진 사람들은 오늘도 아이스크림을 곱게 떠먹고 그 자리를 다듬는데, 형태가 아니라 기능과 디자인이 물건의 생명이라고 아는 사람들은 움푹움푹 아이스크림을 파먹어 들어가는 것이다. 그냥 먹으면 되는 아이스크림을 왜 표면을 곱고 가지런하게 만들어가며 먹어야 하는지 이해할 수 없는 것이다.

내가 재직했던 대학의 학과 과실에 컴퓨터를 새로 들여놓으면서 과장인 교수가 학생들에게 '새 컴퓨터니까 아껴서 써라!'고 당부했다고 해서 학생들의 웃음을 자아낸 일이 있었다. 도대체 컴퓨터를 어떻게 아껴서 쓰라는 것인지 학생들은 이해할 수 없었기 때문이다. 그 교수도 나처럼 농경민 의식 속에 찌들어 있던 세대였나 싶었다.

형태는 멀쩡한데 기능과 디자인이 낡고 후졌다면, 산업사회의 의식을 가진 세대에게 그것은 당연히 폐기해야 할 대상이 된다. 그러나 아이스크림도 잘 다독거리며 먹는 농경사회의 의식을 가진 바로 나 같은 부류는 그걸 버리질 못한다. 멀쩡한 걸 버린다는 의식이 손바닥의 가시처럼 찔리면서, 심지어는 죄를 짓는 것 같은 느낌이 드는 것을 어쩌랴. 여전히 나에게는 절약은 미덕이고 낭비는 사치를 뛰어넘는 죄악인 것이다.

농경민 의식을 가진 사람들은 아이스크림을 편하게 마구 파먹는 산업사회의 아이들, 그 오늘의 젊은이들이 고통이나 난관에 속수무책으로 허약한 점을 이해할 수 없다. 그들은 물건을 고쳐서 쓰던 세대가 아니라 작동이 잘 안되면 버리고 새로 사면서 자란 세대라는 점을 잊고 있기 때문이다.

나는 내 직업 안에서는 그래도 변화하는 사회를 앞서 받아들인다고 자부하며 살아왔었다. 글을 쓰는 작업에 워드프로세서를 도입한 것이 1986년, 서울올림픽보다 2년 전 아시안게임이 서울에서 열리던 해였다. 원고지를 버리고 워드프로세서를 이용해 글을 쓰기 시작한 것으로는 문인 가운데서 몇 손가락 안에 들게 빠른 변신이었다.

인터넷이나 이메일에 관해서는 동시대의 누구보다도 빨리 먼저 접할 수 있는 기회가 있었다. 그랬기에 나는 스스로를 '인터넷의 석기시대 사람'이라고 생각하며 살았다. 정부의 의뢰를 받아 당시의 데이콤에서 한글 이메일을 개발하고 있을 때였다. 그것을 시험적으로 사용하며 개선점을 찾아내기 위해 사회 각 분야에서 차출된(?) '정보화 사회를 생각하는 사랑방 모임'의 멤버로

참여할 수 있었기 때문이었다.

　그때의 인터넷 환경이란 지금과 비교하자면 말 그대로 석기 시대였다. 인터넷이라는 용어조차 없던 때였다. 컴퓨터를 통해 해외의 데이터베이스에 국제전화를 걸어 정보를 검색하는 수준이었으니 정보 검색에 드는 국제전화 요금이 어마어마할 수밖에 없었다.

　그 시절 미국 국회도서관의 데이터베이스를 국제전화로 연결해서 내 작품이 있나 찾아본 적이 있었다. 그때 뜨는 자료가 어이없게도 내 작품 「바다로 간 목마」였다. 읽을거리가 태부족이었던 청소년들을 위해 한글의 아름다움을 알린다는 생각에서 의도적으로 썼던 한국소설이 왜 미국 국회도서관에 있는지 그것이 신기했었다. 내친김에 그 무렵 좋아했던 이탈리아 출신의 언론인 오리아나 팔라치를 검색했더니 뉴욕에 살고 있다고 떴다. '그러시구나. 팔라치 여사가 지금은 뉴욕에 살고 있구나.' 그랬던 시절이었다.

　그런 나였지만, 농경민 의식을 버리지도 숨기지도 못한 채 산업사회를 살았다. 그러다 보니 얼마 전까지만 해도 나는 음악을 사러 CD점을 찾아다녔다. 원음을 다운받아서는 내가 그 음악을 가졌다는 소유감이 오지 않고 허전했기 때문이다. 음악은 듣는 것이거늘, CD를 사서 쓰다듬으며 만지작거려야 비로소 내가 그 음악을 가졌다는 느낌이 오는 것을 어쩌겠는가.

다만 음악에서만은 내 촌티 가득한 농경민 의식의 놀라운 변혁을 가져오게 한 것이 있었으니 그것이 유튜브였다. 평생을 소리로만 들어오던 음악을 실황연주 라이브 화면으로 바라보며 듣게 된 놀라움은 황홀했다.

트리오 로스 판초스(Trio Los Panchos)가 부르는 멕시코 노래 라 콘도리나(La Condorina, 제비)가 있다. 젊은 날 그들의 달콤한 목소리가 빚어 올리는 화음을 얼마나 좋아했던가. 그러나 유튜브는 잔혹했다. 그 달콤했던 목소리의 주인공들이 노래 버려 놓기에 필요충분할 정도로 못생기고, 키는 똥자루만 한 사내들이었다는 걸 확인하는 순간은 실망이 아니라 차라리 즐거움이었다. 유튜브는, 음원을 다운받기보다는 CD를 사러 타워레코드를 기웃거리던 시절을 단칼에 떠나보냈던 것이다. 젊은 시절 그렇게도 좋아했던 소프라노들과 이별하고 미국의 아를린 오제(Arleen Auger)나 라트비아의 엘리나 가랑차(Elina Garanca)를 사랑하게 된 것도 유튜브의 도움 때문이었다.

그러나 여전히 농경민 의식 속에서 살아가고 있는 내 모습이여. 선물로 받은 예쁜 포장 케이스만이 아니다. 빈 술병조차 어디서 마신 것, 누구와 마신 것이라면서 버리지 못한 채 서재 한구석에 줄을 서며 쌓여간다. 그 옆에서 나는 오늘도 여전히 아이스크림을 곱게 맨질맨질 다듬으면서 파먹고 앉아 있다.

내일도 모레도 그럴 것이다.

5

잘 있어, 그리고 고마웠어

담배에게

'잘 가'라고 말하지는 않았다. '잘 있어, 그리고 고마웠어'라고 말했다. 그렇게 그를 떠나보냈다. 어디 우리의 헤어짐이 이번뿐이랴. 수없는 헤어짐이 있어 왔고, 그동안 우리의 만남을 고마워 해야 할 낮과 밤은 또 얼마였던가. 그 담배와 헤어졌다.

담배를 피우기 시작한 이십 대 그 무렵, 나는 1년이면 한두 달씩 담배를 끊었었다. 담배를 끊는다는 것을 내 의지력의 시험처럼 생각하면서였다. 더 나이가 든 후에는 사흘에 두 갑 정도의 담배를 피웠다. 그러면서 조금씩 그가 가진 맛, 내가 신비라고 늘 생각해왔던 그 맛과 가까워지게 되었다.

그 담배가 악마처럼 나를 덮친 것은 흔히 말하는 '한수산 필화 사건'부터였다.

이틀 동안의 고문으로 초주검이 된 아침, 간수 비슷한 감시병이 창문도 없는 독방 취조실로 들어와서 먹고 싶거나 사고 싶은 것이 있으면 말하라고, 잡혀올 때 영치된 지갑의 돈으로 그걸 사다 주겠다고 했다. 취조용 철제의자에 묶인 채 앉아서 나는 그때 다른 것은 말고 담배를 사서 달라고 했다. 그리고 나 때문에 끌려와 함께 고초를 받고 있는 나머지 네 사람에게도 한 갑씩 사다 주면 좋겠다는 부탁을 했었다. 그때 그 감시병인지 뭔지 하는 녀석이 씨부렁거렸다.

"이 새끼들, 웃기는 놈들이네. 저쪽 놈도 여러 명에게 담배를 사다 주라고 하던데…… 모조리 똑같은 소리를 하네."

전기고문을 받아 온몸이 가짓빛으로 탄 채 집으로 돌아왔을 때 찾아온 정신착란은, 몇 십 년을 건너온 지금 와서 생각해도 공포 그것이었다. 뒤에 아무도 없는데도 '지금 뭐라고 했어?' 하며 고개를 돌려 아내를 찾지 않나, 한밤에 잠에서 깨어나 '비가 쏟아지는데 거실 창문을 열어놓고 자다니!' 하면서 뛰어나가질 않나, 사흘에 두 갑 정도를 피던 담배가 하루에 세 갑으로 늘어난 것이 그때였다. 불안에 시달리는 강박관념이 가져온 가련함이었다. 하루 60개비의 담배를 피워댄다는 것은 하루 종일 담배를 물고 있다는 것을 의미한다. 그렇게 살았다. 피우는 담배 한 갑과 따로 새 담배 한 갑을 언제나 몸에 지니고 다니면서 살았으니, 그 후의 나는 담배의 노예였다.

내가 좋아하는 극작가, 『욕망이라는 이름의 전차』와 『유리 동물원』의 테너시 윌리엄스는 알코올 중독에 시달리던 8년 동안 누군가와 만날 때면 언제나 술병이 보이는 자리가 아니면 불안에 시달려 앉아 있지 못했다고 한다. 그처럼 나도 피우는 담배와 또 한 갑의 담배가 몸에 있지 않으면 안 되었다. 그 나날들의 비참함이라니.

그 담배를 처음 끊을 때였다. 뉴욕에 강연이 있어서 미국으로 출국하던 날, 공항 보안검사대 앞에서 젊은 직원에게 물었다.

"담배 피우세요?"

"네."

"그럼 이거 가지세요. 저 오늘부터 담배 끊습니다."

가지고 있던 담배와 라이터를 그에게 건네주고 뉴욕으로 떠났다. 그리고 미국에서 보낸 9일 동안 담배를 피우지 않았다. 귀국 후에도 세 달을 끊고 지냈다. '아, 나도 담배를 끊을 수 있구나.' 나 자신에 감격할 수밖에 없었다.

물론 어려움이 없지는 않았다. 무엇보다도 담배를 꺼내 물지 않고는 글을 쓸 수가 없었다. 다만, 겨우 담배 없이 써놓은 글을 읽어보면 '내가 무얼 쓴 거야' 하며 할 정도로 글의 질서는커녕 이야기의 흐름조차 이어지질 않았다. 담배를 끊는 중이라는 말은 차마 하지 못하면서 모든 원고 청탁을 끊고 글을 쓰지 않을 수밖에 없었다.

그렇게 담배를 끊고 세 달이 지난 어느 날, '이렇게 쉽게 담배를 끊을 수 있다면 좀 더 피다가 언제든 그냥 후딱 끊자.' 이런 따위 생각을 하면서 슬금슬금 다시 피우기 시작했다. 그런데 이를 어쩔 것인가. 끊었던 담배를 다시 피우게 되자 양이 더 늘어나는 것이 아닌가.

그 후, 절체절명으로 이제는 담배를 끊어야 한다는 의사의 경고가 날아들었다. 그래서 끊었다. 그때의 금연에는, '아직 결혼도 시키지 못한 아들딸이 있는데 아비로서 자식들이 짝지어 사는 모습이라도 보고 죽어야 하지 않나' 하는 절실함이 한몫을 했다.

그렇게 지내던 얼마 후였다. 친척 어른이, 몇 달 전까지도 이야기를 나누며 '김 여사님'이라고 부르던 그분이 갑자기 치매 증상을 보이며 요양병원에 입원을 했다. 그런데 그 진행 속도가 가공할 정도로 빨라서 갑작스레 인지능력을 잃어가면서 식물인간이 되어버렸다. 참 아름다웠고, 품격 있고, 불의를 보면 머리끝까지 화를 냈고, 써놓은 글을 읽듯이 논리정연하게 말을 하던 일제시대 숙명여고 출신의, 육군사관학교 첫 졸업생 가운데 제일 먼저 전사한 호국영령의 미망인인 그녀가 그토록 쉽게 무너져서…… 눈길은 허공을 바라보면서 먹여주는 밥도 반쯤은 흘려가며 우물거리는 할머니로 변한 모습을 보고 돌아오던 날, 그랬다. 나는 결심 아닌 결심을 했다.

'나는 어느 날 탁! 죽자. 그래야 한다. 저분을 봐라. 저 모습은 인간의 삶에 대한 모욕이며 저주다. 내가 어쩌다 저렇게 삶을 마감하게 된다면 어쩔 것인가. 탁 죽어야 한다. 담배도 마구 피우고, 술도 퍼마시고, 일도 죽기 살기로 하며 미쳐서 살다가 어느 날 탁! 가버리자.' 그러면서 대놓고 다시 담배를 피웠다. 사람이 어떻게 그럴 수 있냐고 비웃을 일이지만 나로서는 결연하기 짝이 없는 삶에 대한 도전, 그건 포기가 아닌 도전이었다.

그 후, 내 몸을 보살펴주는 모든 의사들이 그것밖에 처방이 없다는 듯이, '담배 끊으세요' 하고 주문을 외워대기 시작했다. 위가 어떻게 되어도, 심혈관에 문제가 생겨도, 좌골신경통인지 우골신경통인지 다리가 시려와도 '의사 슨상님'들은 그저 한다는 소리가 '담배 끊으세요'가 처방의 제1조였다. 마치 담배를 끊으면 꽃 피고 과일 향기 가득한 낙원에서 살지만 담배를 피우면 집 앞에 서 있다가 길 건너 편의점의 간판이 날아와 박살이 나며 죽을 거라는 듯이.

그리고 지금, 나는 담배를 피우지 않으면서도 글을 쓸 수 있는 그 경계에 서서 이 글을 쓰고 있다.

혹, 지금 이 글을 읽으며 담배를 피우는 분이 계시다면 이 말만은 전해드리고 싶다. 금연에는 가족 특히 부인의 도움이 가장 중요하다는 것. 다들 담배는 그냥 한순간에 죽고살기로 끊어야 한다고들 하지만 사람의 성격 나름이니 저처럼 끊었다 피우다를 반복하다가 어느 날 끊어버리는 것도 방법의 하나라는 것. 담배를 피웠던 제 담당의사의 말에 의하면 금연 후 10년이 지났는데도 꿈속에서 담배를 피울 때가 있었다니. 그토록 끈질기고 야비하고 마음의 약한 부분을 너무 잘 알고 속삭이는, 담배는 악마 그 자체라는 것!

담배여, 잘 있어. 지난봄 흩날리는 벚꽃 그늘에 서서 한 모금의 담배연기를 내뿜으며 바라보던 세상의 황홀함을 네가 앞으로 어찌 알겠느냐고 유혹하지는 말아줘. 고마웠다, 담배여. 너를 떠날 수밖에 없는 나를 차라리 위로해주기를. 쓸쓸할 때마다 나를 기억해달라고 손을 놓으며, 넉넉하게 보내주기를.

술에게

지옥과 천국을 함께했던 친구여. 때로는 정염이었고 외로움이었던 그대여. 때로는 떠나버린 기차처럼 오랜 기다림의 뒤끝처럼 허전했던 친구여.

술이여, 나는 한때 그대를 '신의 눈물'이라고 불렀다네. 그대여, 자네는 얼마나 신비하고 오묘한 한 방울인가.

자네를 한때 나는 밤에 쓰는 편지라고도 불렀었네. 밤에 쓰는 편지를 믿어서는 안 된다네. 자네 또한 그렇지 않은가. 아침에 읽어보면 부끄럽기 짝이 없는 밤에 쓰는 편지처럼 말일세.

자네에게는 늘 천국과 지옥이 함께 있었지. 천국의 기쁨과 황홀이 있고 지옥의 절망과 회오를 함께 품고 있는 게 너였어. 그러면서도 자네는 늘 나에게 영혼의 구슬치기, 마음의 구슬치기 같았네.

술이여. 여전히 잘 지내고 있겠지? 자네를 알고 나서 같이한 세월이 얼마인가. 참으로 질기고도 긴 인연이었네. 고마운 마음으로 손을 건네며, 술이여. 이제는 헤어져도 좋을 시간이 왔다는 마음의 준비를 하네.

희망에도 생활에도 뜻에도 다 가난하기만 했던 젊은 시절 자네를 처음 만났네. 무엇 때문에 그렇게 퍼마셨나 몰라. 술맛을 모를 때였으니 그건 술에 대한 모욕이었지. 어느 해 여름인가는 춘천 시내에서 술이 취해서 친구들과 어깨동무를 하고, 시 외곽을 흐르는 공지천으로 나갔다가 그냥 풀밭에 쓰러져 잠이 들어버린 적이 있었지.

다음 날 아침 휴지처럼 구겨져서 일어나 바라보던 그 강가의 햇빛. 그 아침의 절망감이라니. 헤르만 헤세의 『데미안』에 나오는 싱클레어처럼, 일요일 아침 깨끗하게 옷을 차려입고 교회로 가는 친구들을 창밖으로 바라보면서 자살을 결심하는 그 절망이 아마 그런 것은 아니었을까. 그렇게 자네와 나는 만났네.

자네와 함께 저질렀던 우치(愚癡)는 또 얼마였던가. 그렇게라도 살 수밖에 없었던, 젊은 날의 질곡에 담겨 있는 짓거리들이 아니었냐고 희석시키지는 않겠네. 돌아보면, 그때를 부끄러워하지 않아도 좋게 나이 들어버린 지금의 이 뻔뻔함이 얼마나 다행인가.

주전자에 담아 내놓는 막걸리가 주종이었던 대학 초년 시절, 우리는 술집에서 내놓는 첫 주전자를 고무줄에 매달아 놓고는 벽에 선을 그어 표시를 했었어. 그리곤 새 술이 주전자에 담겨 들어올 때마다 혹시 그 술이 조금씩 모자라지는 않은지, 우리가 그어놓은 벽의 선과 일치하는지 고무줄에 매달아 보고서야 마셔댔으니, 그 치졸함 속에 마시던 낮술은 또 어찌 그렇게 취하지도 않으며 깊고 깊었던가. 친구의 시계를 서로 잡혀가며 마시던 술, 우리의 손목시계는 술 고픈 우리 모두의 술값을 위해 언제든 풀려나갈 수 있는 공통분모였어.

돌아보면 자네와 함께한 세월 속에는 어이없는 일이 어디 한둘이었나. 어쩌자고 학교 3층 옥상에 올라가 술자리를 벌였는지, 취기가 오른 나는 옥상 바닥이 잔디밭처럼 펼쳐져 있기에 스적스적 앞으로 걸어 나아갔지. 그런데 몸이 부웅, 뜨는 거였어. 낮은 옥상난간을 넘어 발을 내딛으며 앞으로 나아갔으니, 한 층 아래 옥상으로 떨어져버린 거였지. 얼굴을 갈며 박아버린 한밤의 추락. 어린 나이여서 살았을까. 목숨이 어찌 붙어 있었는지 몰라.

가장 슬펐던 건 목포에서 서울까지 올라오는 열차식당에서 마신 술은 아니었을까. 목포에 문학강연을 갔다 돌아오던 아침, 서울로 올라오는 기차 안에서 신문을 펼쳐 들었을 때 1면을 채우고 있던 그 시커먼 글자들. '박종철 고문사건'이 폭로된 기사였어. 대학생을 잡아와 물고문을 하다가 죽여놓고, '책상을 탁하고 치니까 억하고 죽었다'고 발표를 했던 그 사건 말일세. 그날 식당차에 앉아 서울까지 올라오며 마셨던 술, 슬픔을 감추려고 쓴 선글라스 밑으로는 눈물이 흐르고…… 술이여. 그토록 암담한 마음으로 자네와 마주 앉았던 건 그때가 아니었나 생각돼.

소설가 황순원 선생님은 젊은 날의 나에게 술에 대하여 참 여러 가지 이야기를 해주셨지. 거기에는 지금도 잊지 않고 있는 몇 가지 술과 지켜야 할 원칙이 있었어. 해가 떠 있을 때는 술을 마시지 마라, 낮술은 안 된다. 술이 몸을 해쳐서는 안 되니 언제나 안주와 함께 마셔라. 술집을 나서기 전에 꼭 화장실을 들러라. 그리고 아주 즐겁게 '예술'과 '술'을 같은 반열에 놓고 말씀하시곤 했지. '예술은 나만 사랑하라'고 하고 술은 '다 사랑하라'고 한다고. 그 깊은 뜻을 알기에는 오랜 세월이 필요했어.

한때는 맥주를 얼마나 좋아했던가. 첫 해외여행을 나가면서 앵커리지 공항에서 찬 바람을 쐬면서 마셨던 맥주의 맛을 어떻게 잊을 수 있겠어. 그 맛을 기억하며 한 1년을 오직 맥주만 마셔댔었지. 그랬더니 이 일을 어쩌겠나. 아랫배가 뽈록 튀어나오는 게 아닌가. 맥주의 칼로리에 놀라면서 맥주를 마시지 말자고 했더니 이건 또 무슨 조화인가. 그 후로는 맥주라는 술이 한 컵도 못 마시게 맛이 없어졌다네.

내가 잊지 못하는 술로는 그리스의 '우조'(Oyzo)가 꼽힌다네. 잔에 따르면 다만 투명한 액체인데 거기에 물을 타면 우윳빛으로 변하면서 그 진한 향기에 취하게 하는 술이었어. 중동지방의 '아락'(Arak)이나 프랑스의 '압생트'(Absente)도 같은 술이지. 투명한 액체에 물을 부으면 색깔이 변하는 술. '반 고흐의 귀를 자르고 아메데오 모딜리아니를 죽인 술'이라고 프랑스의 작가 에밀 졸라는 판매금지를 외치며 증오했지만 나는 언제나 그 색깔과 향기가 황홀하기만 한 술이라네.

대학 때의 은사이신 박용주 선생님을 생각하며 마셨던 쿠바 코히마르 해변의 레스토랑 '라 테라자'의 포도주도 잊지 못하지. 그건 술이 아니라 장소가 취하게 하는 향기였다네. 선생님의 소설강독 시간에 헤밍웨이의 작품을 읽으며 배웠던 나에게, 생전의 헤밍웨이가 자주 찾았다는 식당 '라 테라자'는 다만 식당이 아니라 존경했던 은사와 흠모했던 작가를 모신 추모의 자리는 아니었던가. 헤밍웨이가 『노인과 바다』의 주인공이 되는 어부를 만났고 소설의 모티브를 얻었다고 알려진 그 해변의 식당에서 헤밍웨이가 앉곤 했다는 바다가 한눈에 들어오는 식탁에 앉아 술을 마시던 날. 레스토랑을 나와 그 해변을 맨발로 걸으며 선생님이 그리워 눈물을 글썽거렸고 다시 들어와 사라져간 내 젊은 날을 담아 선생님께 건배를 올렸었지.

'사람들이, 술 좋아하세요?' 하고 물을 때마다 내가 한 대답은 '가장 친한 친구입니다'였으니 자네에 대한 내 애정이 얼마나 깊었던가는 자네가 더 잘 알 걸세. 그렇게 서로 마음의 결이 얽히며 위안이 되었던 세월이 자네와 나 사이에는 고여 있다네. 그뿐인가. 자네로 하여 병을 얻기도, 쓰러지기도, 배반을 당하기도 하면서, 왜 그런 일인들 없었겠나, 자네와 함께 숨어서 세상을 버리려고도 했었으니까.

그러나 이것 하나만은 지키려고 했다네. 나는 내가 하는 일과 자네를 한자리에 섞어놓지는 않았어. 일 때문에 자네를 가까이해본 적도 없었고, 자네를 빙자하여 무슨 일을 저지른 적도 없었어. 일과는 무연한 엄숙함으로 나는 늘 자네를 지켰지. 나는 늘 '술 그 자체'로서 자네를 사랑했다네. 그래서였지. 어떤 만남이라도 불편한 사람과의 자리라면 자네를 함께 앉힌 적이 없네. 이건 자네를 향한 나의 예의였고, 애써 지켜온 한결같은 마음, 자네에 대한 순정이었는지도 모르네. 젊은 시절, 작가에게 주는 원고료나 인세는 편집부에서 봉투에 넣어서 현찰로 주는 것이 온라인

송금 이전의 관례였어. 나는 단 한 번도 그걸 헐어서 술을 마신 적이 없다네. 편집자와 만나 술을 마셔야 할 예정이라면 따로 술값을 가지고 나갔었지. 그건 인세의 경우에도 마찬가지였네. 왜였는지 아나? 글을 써서 번 돈, 그건 내 영혼의 피였어. 신의 눈물과 영혼의 피를 한 자리에 앉히는 건 양쪽 모두에게 결례라고 생각했기 때문이었다네.

그런 자네와 이제 헤어지려 하네. 그렇다고 무슨 캄캄한 나락으로 떨어지는 이별이기야 하겠나. 다만 나도 이제 자네와 조금씩 사이를 두며 떨어져 앉아야 할 그런 나이에 와 있다는 생각이 든다네. 그래서 나는 자네와의 헤어짐이 아쉽고 서운하기보다는 두렵다네. 오래오래 살아온 늙은 아내를 바라보듯이.

그래도 술이여, 이따금 찾아주게나. 어찌 자네를 잊을 수야 있겠나. 기다려야 할 것들이 아직 남아 있고, 사랑할 것도 저렇게 많은데, 차마 자네와의 절연을 생각할 수는 없다네. 매화꽃 흐드러진 어느 날 무릎에 흩날려 떨어지는 꽃잎처럼 그렇게 자네를 바라보고 싶다네.

머리카락 한 올마저 흩날리며 뽑혀서 사라져갈 봄날에 자네와 도란도란 이야기를 나누며 그렇게 이 생을 마감할 때까지. 내 곁에 있어주게나. 시간이 그랬고 사람들이 그랬듯이 돌아서서 가면 마지막이던 그 무엇처럼 떠나지는 말게나.

물 위에 쓰는 편지, 레티치아 수녀님께

주여, 저희를 불쌍히 여기소서

　　- 분도수도원에서

　한 해를 마감하면서, 수녀님을 만나러 경남 고성의 한 수도원에 다녀왔습니다. 제 삶에 또 하나의 매듭이 묶이고 있다는 생각을 하면서 보낸 며칠이었습니다.

　수녀님을 만나러 가는 제 생활에는 몇 가지 의미가 겹쳐 있습니다. 떠나던 날 새벽, 쓰고 있던 장편소설 제1부의 마지막 원고를 끝냈습니다. 새해에는 다시 2부를 시작해야 하기에 다가오는 한 해를 바라보는 마음에는 비장함이랄까, 결의 같은 것이 성에

처럼 끼고 있었습니다.

우리 가족들 안에도 많은 변화가 기다리고 있었습니다. 내년
이면 대학원과 대학을 마친 아이들이 둘 다 서른을 넘깁니다. 늦
은 나이에 이제부터 사회생활을 시작해야 할 아이들이었습니다.
그리고 무엇보다도 이 짧은 여행에는 레티치아 수녀님과 21년
만의 만남이라는 가슴 뛰는 설렘이 있었습니다.

천지가 내려다보이는 백두산 산정에서 세례를 받고 가톨릭
신자가 된 지 21년이 됩니다. 그때 그분이 함께 계셨으니 저의
영세와 그분과의 만남이 나이가 같습니다.

1989년의 그 중국여행에서 우연히 동행하게 된 수녀님이었
습니다. 중국여행 중 내내 기차에서도 비행기 안에서도 옆자리
에 앉아 제게 교리를 가르치며 하느님과의 만남을 주선해주셨던
수녀님입니다. 제 삶과 제 글의 기둥까지도 뒤흔들며 다시 자리
잡게 한 그날도 옆에서 지켜주시고 보살펴주셨던 수녀님입니다.

백두산에서 '성 나사로 마을'의 이경재 신부님으로부터 세례
를 받고 난 며칠 후, 우리는 베이징 공항에서 헤어졌습니다. 그리
고 21년이 흘렀습니다. 그 작별 이후 한 번도 만나 뵙지 못한 채
21년이 지나갔던 것입니다.

수녀님을 만나러 내려가며 생각했습니다. 무엇이었을까. 고

마움과 그리움이 뒤엉킨 세월 21년, 중국에서 세례를 받은 그 여행이 끝나며 나는 그때 살고 있던 일본 도쿄로 돌아갔고 수녀님은 원장이라는 직책을 맡고 있던 부산의 수도원으로 돌아가셨습니다. 그리고 21년이 지나도록 나는 수녀님을 찾지 않고 있었던 것입니다. 왜 이 만남이 이렇게 늦어졌을까. 무엇 때문에 나는 부산으로 수녀님을 찾아가는 것을 그토록 두려워했을까요.

어쩌면 중국여행과 그 여행길의 교리공부 그리고 세례 예절이 이어지는 동안 제 안에 담겨진 수녀님의 그 정결했던 모습이 수도원에 계시는 수녀님의 '일상생활' 때문에 흐트러져 보이지는 않을까 그것이 두려웠는지도 모릅니다. 수도자의 하루가 어떻게 흘러가는지를 몰랐던 저였기에.

수도원은 꼭 수녀님을 닮은 그런 담백한 모습을 하고 있었습니다. 무언가를 꾸며놓은 장식이 없이 담백하고 검소한 그러나 품격을 잃고 있지 않는 건물부터가 수녀님과 딱 닮았다는 게 저의 첫인상이었으니까요.

온갖 꽃이 만발하고 아름다운 계단이 휘어 돌아간 저쪽에 하얗게 날아오르는 것 같은 집이 있어야 아름다운 수도원은 아니지요. 몇 년에 한 번씩 시멘트를 발라주어야 한다는 수녀원은 화장기 하나 없는 얼굴처럼 회색빛으로 당당했고 담담했습니다.

주변 환경에 거슬림이 없는 검소한 아름다움이랄까요. 한겨울의 적적한 우리 산하와 너무나 잘 어울리는 아름다움이었지요.

수도사들이 드리는 새벽미사와 함께 하며 하루가 시작되었습니다. 하얀 수도복의 수사와 수녀들이 줄지어 들어서면서 시작되는 새벽미사는 감동의 물보라 같았습니다. 평일 새벽미사를 나가고 있는 제가 가질 수 없었던 깊이와 울림이 그 자리에는 있었습니다. 이제야 겨우 '믿음이란 저런 것이었구나' 하며 그 한쪽 언저리나마 바라보는 것 같은 감동이었습니다. 제가 나가는 성당의 주일미사가 가지는 번잡과 어수선함을 생각할 때 더욱 그랬습니다. 그레고리안 성가가 울려 퍼지는 아침 미사의 장엄함 속에서 저도 모르게 눈물이 맺힌 것도 그래서였습니다.

그때 생각했습니다.

이것을 선함이라고 하자. 인류는 문명이라는 기술의 발전과 함께 문화나 예술이나 종교가 가지는 선기능으로 조금씩 삶의 진정성을 향해 진화했는지도 모른다. 그러나 이 선은 잔물결일 수밖에 없지 않았던가. 악의 쓰나미가 쓸려오면 모든 것은 한순간 물거품이 되고 다시 지난날로 아니 그보다 더한 질곡으로 되돌려지곤 했던 것이 우리의 인류사는 아니었던가. 전쟁, 살육, 폭력, 갈등, 분열이라는 거대한 악의 파도에 선의 잔물결은 뒤집어지고, 역사는 그러한 악의 지배로 직조되어 온 것이 아닐까. 권력이라는 이름의 악, 자본이라는 악, 탐욕이라는 악 그들에 의해서.

그러나 나는 그 자리에서 고개를 저으며 선함의 승리를 믿었습니다. 여기 이분들을 보아라. 수사와 수녀님들이 드리는 미사 뒷자리에 앉아서 뜻도 모를 라틴어 미사를 함께 드리면서 저는 비로소 선의 승리를 믿었고, 마침내 이룩하게 될 그분의 나라를 마음으로 겪고 있었던 것입니다.

수녀님이 경영하는 살아 있음의 참뜻이 노동 속에서 가꾸어지고 있었습니다. 그분이 체험하는 노동의 참뜻은 여름 풀 깎기였습니다. 수녀원의 온갖 풀을 수녀님 혼자 깎는다고 했습니다.

예초기가 돌아가는 요란한 소리와 혹시 칼날이 돌덩이에 부딪칠 때의 위험을 생각하며 집중하자면 그 단순한 노동행위에 온몸이 빠져든다고 했습니다. 누군가가 아무리 소리쳐 불러도 들리지 않게 쏟아지는 예초기의 굉음, 온몸을 적시며 흘러내리는 땀, 오직 칼날을 따라 움직이는 눈길, 그 속에서 한순간 '예수님, 우리 같이 깎아요. 함께해요' 하는 말이 새어 나오고 그때 그분과 내가 함께 있다는 현존을 느끼신다고 했습니다.

풀 깎기라는 단순노동 속에서 '예수님 같이해요' 하며 그분의 현존을 느낀다는 말씀을 담담하게 들려주시는 수녀님을 바라보며 '참 고귀한 하루하루를 살고 계시는구나' 하고 생각했습니다. 주여! 할렐루야! 밤새 소리치는 그 누군가의 철야기도보다도 그 말씀이 가슴에 와닿았습니다.

옆에 붙어 있는 베네딕토 수도원에는 바이올린을 만들며 생활하시는 수도사가 있었습니다. 그분의 공방을 둘러보던 날 수사님이 말씀하셨습니다. "수녀님은 앞으로 성인이 되시면 '풀 깎는 이의 주보성인'이 될 겁니다."

여름이면 수녀님은 그렇게 드넓은 수도원을 풀을 깎는다는 것이었습니다. 얼마나 땀 흘리며 풀을 깎았으면 '풀 깎는 이의 주보성인'이 되실 거라고 할 정도였는지. 수녀님의 일상을 보는 듯 싶었습니다.

하루 저녁에는, 아직 성인 반열에 오르기에는 먼 '수도원 잡풀 담당 수녀'답게 이 겨울에 어딘가에 전화를 걸어 예초기 칼날을 주문하고 계셨습니다.

'수녀님, 아직 겨울이에요. 무슨 풀 깎는 칼날을 벌써 주문을 하세요.' 제가 그렇게 어이없어 하자 수녀님이 말씀하시더군요. '벌써 칼을 주문해 받아놓았는데 제조번호가 틀린 게 왔는지 잘 맞지 않아서 다시 주문을 하는 거'라나요. 그러더니 웃으시더군요.

"연락을 주겠다면서 내 전화번호를 대라길래 난 핸드폰이 없으니 이 번호로 알려달라니까, 아니 무슨 여자분이 전화가 없으세요. 그러면서 막 웃네. 여자가 휴대전화 없다면 웃는 거야?"

나도 말없이 방바닥을 내려다보며 웃었습니다. 어디 우리 수녀님뿐인가요. 프랑스 유학을 떠나면서 '비자가 뭐예요?' 하던 수녀님도 보았고, 새 승용차에 '화성경찰서 몇 번'이라고 적힌 임시 번호판을 보고서 '이 집주인 역시 경찰이었구나. 맞아, 인상도 험악한 게 경찰 같았어' 하는 수녀님도 있었으니까요.

거기다가 수녀님 말씀의 거침없음이야 제가 이미 알고 있는 거였으니까요. '문득, 왜 내가 얼어 죽을까 봐?' 하시던 말씀이 생각났습니다. 제가 일본에 있을 때였지요. 영세를 하고 난 '그해 겨울 무슨 선물을 보내면 좋을까요? 수녀님 내복 한 벌 보내드릴까요?' 하고 물었을 때 수녀님은 대답했었지요.

'왜? 거기서 내복 안 보내주면 내가 얼어 죽을까 봐?'

꿈같은 며칠을 보내고 돌아오던 밤, 떠나는 제 차를 둘러싸고 수녀님들이 헤드라이트 앞에서 불러주신 작별의 노래, 왈칵 눈물이 쏟아질 것 같았습니다. 천사가 바로 여기 있었네, 싶었지요. 우리는 왜 천사를 늘 나이 어린 모습으로만 떠올리는지 모르겠습니다. 함께 계시던 연세 드신 수녀님들도 다 천사 그 모습이었으니까요.

일본에 어떤 마라톤 선수가 있었습니다. 국가대표였지만 올림픽을 앞두고 그 중압감을 이기지 못하고 자살한 이 선수는 '저는 더 이상 달릴 수가 없습니다'로 시작되는 유서를 남겼습니다. 선수로서의 절망을 담은 '더 이상 달릴 수가 없다'는 짧은 말에 이어지는 유서 내용은 감사의 말로 가득합니다. 그것도 사소하기만 한 음식에 대한 감사의 유서입니다.

"아무개 삼촌, 삼촌이 해준 초밥이 참 맛있었습니다. 아무개 이모. 이모가 싸준 도시락은 너무 맛있었습니다. 아무개 조카야, 네가 해준 생선회는 너무 맛있었단다."

그는 유서에서 이렇게 음식 품평회 같은 감사의 말을 전하고 떠났습니다. 수녀님. 저 또한 며칠을 함께해주셨던 수녀님들에게 그렇게 인사를 드리고 싶었습니다. 마리아 수녀님. 수녀님의 동치미는 너무 맛있었습니다. 안나 수녀님. 수녀님이 기르신 봄동 배추는 아직 맛이 들기에 이른 철이었는데도 너무 고소했습니다. 그리고 수녀님, 수녀님이 끓여주시던 녹차는 정말 향기로웠습니다.

수녀님과 함께 비탈진 산속을 뚫고 이어지던 십자가의 길을 기도하며 걸었지요. 그리고 내려오던 산책로에서 나눴던 이야기들이 그 녹차 향기처럼 오래 남아서 제 마음속을 휘돌곤 합니다.

어머님을 버려둔 채 다른 여자와 살림까지 차렸던 아버지가, 무슨 생각을 했기에 다른 학교보다도 학비가 비쌌던 수도원에서

운영하는 여학교로 자신을 진학시켰는지 그게 늘 의문이라고 하셨지요. 그 여학교가 수녀님을 수도자의 길로 이끈 첫 손길이었음을 아는 저는 이런 말을 했지요. 아버님이 돌아가시자 수도원에 함께 계시던 수녀님들이 연도*를 하면서 장례를 다 관장해 치러주셨으니 아버님은 하신 만큼 다 받으셨네요. 그리고 제가 처음으로 물었지요. '끝까지 신자가 아니셨던 어머님은 수도원으로 간다고 하셨을 때 뭐라고 하셨나요?' 하고. 그때 수녀님은 갑자기 정색을 하며 말씀하셨지요.

"주님은 당신이 하시려고 하는 일이면 뭐든지 하셔요. 가차 없이 하시는 분이세요."

다른 이야기가 아니었습니다. 수녀님은 그때 약학대학 졸업을 1년 앞둔 대학생이셨습니다. 그 시절은 약대를 나온 여자들은 남자들이 선호하는 결혼상대 1순위로 선망의 대상이었으니, 좋은 결혼과 안락한 삶이 기다리고 있는 딸이 졸업을 하면 수녀원으로 가겠다는 말을 했을 때, 어머니의 마음이 어떠했겠어요.

"그때 엄마가 하시는 말씀이, 그래, 네가 그렇게 가고 싶다면 말리지는 않으마. 가거라. 가는 것은 좋은데 내 눈에 흙 들어가기 전에는 안 된다. 내 눈에 흙 들어가거든 가거라. 엄마가 그러시는

---

* 연도(煉禱), 연옥 영혼을 위한 기도라는 뜻. 천주교의 장례예식에서 세상을 떠난 이를 위해 바치는 위령기도로 창과 성경의 시편을 절묘하게 융합하고 있다.

거예요. 그러니까 그때 주님이 어떻게 하셨는지 알아요? 그래, 내가 네 딸을 데려다 쓰겠다는데 그걸 허락하지 못하고 눈에 흙 들어가면 데려가라고? 알았다. 그럼 흙 넣어주지. 그리곤 주님께서 엄마 눈에 흙을 확 뿌리신 거예요. 다음 해 엄마는 돌아가시고, 난 졸업하면서 바로 수도원으로 갔으니까."

나는 너무 놀라서 걷던 걸음을 멈추고 수녀님을 쳐다보았지요. 수녀님은 '왜, 무슨 말인지 모르겠어?' 하듯이 저를 마주보더니, 눈길을 돌리며 말씀하셨지요.

"그래요. 주님은 당신께서 하시려는 일은 뭐든 다 하시는 분이세요."

왜 그랬는지 모르겠습니다. 휴게소로 들어간 나는 주차장 멀리 구석진 곳에 차를 세우고 앉아 있었습니다. 하시려는 일은 뭐든 다 하시는 분, 주님. 그럴까요. 진정 그런 걸까요. 그런데 왜 주님께서는 저희들이 '주여 어디 계시나이까' 소리치며 신음하는 이 세상을 보시면서도 아무 말씀이 없는 건가요. 악의 쓰나미가 아무리 포악하다 해도 선의 잔물결은 사라지지 않는다고 믿으며 돌아가는 길임에도 왜 자꾸 이런 생각이 머리를 드는 걸까요.

문득 제가 좋아하는 노래 바흐의 마태수난곡 가운데, 주여 우리를 불쌍히 여기소서(Erbarme dich, mein Gott)를 듣고 싶었습니다.

주여 저를 불쌍히 여기소서.

저의 눈물을 보아 불쌍히 여기소서.

밤 깊어가는 고속도로를 등지고 서서 어둠 속 저편을 바라보며 생각했습니다. 수녀님. 바이올린 수사님의 말씀처럼 어느 날 성녀가 되시어 '풀 깎는 이의 주보성인'이 되실 날을 저도 기다리겠습니다. 간절하게 기도드리며 기다리겠습니다.

주신 기쁨, 받는 마음
- 부평수도원에서

토요일, 레티치아 수녀님을 뵈러 부천의 수녀원을 다녀왔다.

두 해 전 경남 고성의 수도원에서 이곳 분원으로 옮겨오신 후 수녀님은 더 늙지도 더 젊어지지도 않으면서, 기도 가득한 나날을 살고 계신다. 단 한 번도 안 막힌 적이 없는 경인고속도로지만 막힌다고 해도 한 시간 남짓이면 가 닿을 수 있는 거리가 나에게는 기쁨의 거리가 된 것이다.

수녀님은 오늘도 여전했다. 허수아비 같은 그 모습이 그랬다. 그분만이 가진 수도자로서의 철학인지는 모르겠지만, 언제 보아도 수녀님은 남의 옷 같은 옷을 입고 사신다. 헐렁하게 크기만 한 옷이다. 오늘도 그랬다. 반코트라고 하기에도 민망하게, 그렇게 큰 파카를 손수 사셨을 리는 없는데 어디서 그런 큰 파카가 생겼는지, 수녀님 둘이 들어가도 남을 것 같이 소매는 길고 헐렁하기만 한 파카를 입고 계신 수녀님은 마치 허수아비 같았다. 그런데 왜 그 모습이 그토록 아름다웠던지요.

어느새 따다 넣었는지, 집에 돌아와 승용차 트렁크를 여니 거기 수녀님이 주신 풋고추가 자루 하나 가득하다. '이 많은 풋고추를 다 어쩐다, 썩히지 않아야 할 텐데' 하는 걱정이 앞선다. 풋고추만이 아니다. 메밀차도 주시고 냉장고를 비우듯이 양파 초절임도 두 통이나 주시고 멸치볶음까지 주셨으니 이제 한동안 수녀님은 뭘 드시려나 싶다.

그리고 또 있었다. 항아리 하나가 실려 있었다. 봄철이면 뒷산에 올라가 손수 산야초를 따다 담근 효소였다. 효소가 가득 담긴 항아리를 아예 통째로 실어놓으신 거였다. 전에 주셨던 걸 잘 먹고 있다는 말씀을 드리지 말걸. '아침에 일어나자마자 한 잔 먹고 나면 몸이 싸악 씻겨 내려가는 느낌입니다.' 효소를 잘 마시고 있다는 감사의 뜻으로 했던 말인데 이런 결과로 이어질 줄 몰랐던 내가 후회스러웠지만 이미 엎질러진 물이 아닌가.

'잘 돌아왔습니다' 하고 전화를 드리자 아름다운 대답이 돌아왔다.

"기쁨을 주고 가서, 고마워요."

찾아가, 수녀님이 내놓는 막 쪄낸 따스한 약식 한 접시를 다 비우고, 처음 마셔보는 메밀차의 구수함에 고개를 끄덕이면서 살아가는 이야기를 두런두런 나누다가 수녀원 뒷산의 '십자가의 길'을 거닐다 돌아온 시간은 정갈했고 나에게 기쁨이었는데, 내가 한 건 그것뿐이었는데. 오히려 수녀님이 나에게, '기쁨을 주고 가서 고맙다고', 아 오히려 그런 말씀을 수녀님이 하시는 것이었다.

수녀님 또한 그러하시듯이, 새벽을 노래하는 새소리도, 쏟아져 들어오는 아침 햇살도 늘 나에게 기쁨이었다. 그런 생각을 하며 창밖을 내다보았다. 우리 모두가 존재하는 그것만으로 누군가에게 기쁨이 되는 날을 살 수 있을 때는 언제일 것인가. 바랄 수조차 없는 꿈, 기다리기에는 너무나 허황한 바람이라는 것을 더 잘 알면서도 나는 이런 꿈을 언제까지 버리지 못하고 살아가려나.

수녀님께, 첫 소식을 전하며

왜 그때 그런 생각이 갑자기 떠올랐는지 모르겠습니다. 수녀님. 열흘 남짓 머물렀던 병실을 정리하고 난 딸아이가 퇴원 수속을 하기 위해 원무과로 간 사이, 빈 병실을 바라보며 혼자 앉아 있을 때였습니다. '호주의 사막에 가서 하룻밤을 자고 싶다.' 느닷없이 지난 몇 년 동안 포기하고 지냈던 여행계획이 수런수런 소리를 내듯 내 앞을 가로막는 것이었습니다. '사라져간 청춘을 위해서 바치는 진혼곡'이라며 꿈꾸곤 했던 그 여행이.

1년 가까이 피하며 미루어 온 척추수술이었지요. 수술을 받기로 결정했을 땐 마치 정들어 오래 살았던 집을 부숴버리고 떠나는 것 같은 마음이었답니다. 그리고 열흘, 수술 후 제 육체가 겪어야 하는 온갖 치욕을 감내하며 누워 지냈던 병실을 바라보는 마음에는 아무 느낌도 없었습니다.

그 방에서 겪어야 했던 고통 속에 흘러간 시간들도, 결국은 내가 혼자 겪어야 할 것들 뿐 아무것도 대신할 수 없어 바라보기만 하던 아내와 딸의 자취도 빈 병실에는 남아 있지 않았습니다. 걷는데 불편이 없으리라는 확신도 없이 퇴원을 하는데, 그런데, 느닷없이 여행이라니요.

발레리나 이사도라 덩컨은 임신을 하고 배가 불러오면서 변해가는 자신의 몸을 두고, '육체가 나에게 복수를 하는 것 같았다'고 했지요. 지난 며칠 저도 그 생각을 했습니다. 건강을 위해서라든가 몸 보양을 위해서라든가 하는 생각을 해본 적이 없이 살아온 내 육체에 가해지는 복수가 이런 것은 아닌가 하고. 칼로 그어대는 것 같은 고통 속에서 방광까지 튜브를 넣어 오줌을 빼내야 하는 치욕, 설 수도, 걸을 수도, 누워 있을 수조차 없어서 넝마처럼 구겨져서 받아야 했던 관장의 야만성에 대한 기억……그런 것들만이 겨우 그 병실에는 너울거리고 있었습니다.

수술을 받으러 병원으로 간다는 말씀을 드리고 집을 나서던 날, 수녀님은 속삭이듯 몇 번을 물으셨지요.

"젊었을 때 그 고문 때문에 그런 거 아냐? 후유증."

그때 제가 할 수 있었던 말은, 이전에 드렸던 말이나 다를 게 없었지요.

"아녜요, 수녀님. 고문 때문에 몸이 이렇게 됐다 생각하면서야 분노 때문에 어떻게 살았겠어요. 아니다, 나이가 들어서다. 허리 아픈 것도, 다리 아픈 것도, 생각보다 기억의 소멸 속도가 빠른 것도 다 나이 때문이다. 그렇게 웃으면서 살았던 걸요."

수술을 받고 입원해 있는 동안, 아무도 찾아오는 사람이 없었습니다. 아무에게도 알리지 않았으니까요. 그런데 한 사람, 자꾸만 마음에 걸리는 친구가 있는 거예요. 도예가인 제 친구가 나중에 알고 나면 서운해할 것만 같았답니다. 그래서 병원은 알리지 않고 '입원해 수술을 했다'고만 전화 문자로 알렸습니다.

그랬는데 그 문자를 받자마자 '올라갈 테니, 병원 알려줘' 하

고 문자가 오기에 '올까 봐 일부러 안 알리는 거니까 그리 알라'
면서 문자를 또 보냈는데, 그랬는데. 저녁 무렵 누가 병실 문을
한 뼘쯤 열고 들여다보는 거예요. 역광이라 얼굴이 잘 보이지 않
아서 '뭡니까?' 하며 고개를 돌리는데 성큼 들어서는 게 그 도예
가 친구였습니다. 멀리 경주에서도 또 2시간 가까이 더 깊은 산
으로 들어간 곳, 거기서 내 소식을 듣자마자 바로 KTX편으로 올
라온 거예요. 하도 어이가 없어서 어떻게 병원을 알아냈는지 물
어보지도 못했답니다. 나도 알고 자기도 아는 사람들에게 두루
수소문을 해서 입원했을 만한 병원을 짐작하고 찾아온 것 같았
습니다.

"어때, 누워 있는 기분이?"

"아무 생각도 안 나. 생각이 없다는 그 생각뿐이야."

"아프진 않아?"

"아프지."

"수술은 잘 끝났대?"

"모르지. 지나봐야지."

눈빛만 봐도 아는 사인데 병실에서 할 이야기가 따로 뭐 있겠
어요. 요즈음 하고 있는 작품 이야기 슬금슬금, 늙어가는 이야기
슬금슬금, 두 시간 남짓을 그렇게 보내고 친구는 돌아갔답니다.

허리수술, 좀 더 정확하게는 척추의 신경을 압박하는 근육과

뼈를 잘라내는 수술이었습니다. 그 회복 과정이 더디고 느리게 흘러가는 사이 제가 겪었던 건 '아무 생각도 없음' 그것이었습니다. 수술 후, 며칠이면 일어나 걸을 수 있을 거라는 예상과 달리 침대에서 내려오지도 못하고 누워 있으면서, 어쩌면 이럴 수 있나 싶게, 아무 생각도 없는 제 자신이 기이하게 느껴지기까지 했으니까요. 병원이나 의료진들, 고마울 것도 지겨울 것도 없었어요. 다시 너를 만나는 일을 없을 거라는 독기마저도 느껴지지 않았고요. 그냥, 그랬습니다. 그냥 뭔가 수많은 것에서 버림받은 것 같은, 그런 마음이었습니다.

이제부터 어떻게 살아야 하나. 그런 것조차 떠올려본 적이 없는 며칠이었는데, 퇴원을 하는 순간 느닷없이 포기하고 있던 여행이 나 자신을 희롱하듯 떠오르는 겁니다. 내 사라져간 청춘을 위해서 바치는 진혼곡이라고 생각해온 여행, 그걸 정말 포기해야 하나, 하면서요.

온전히 걸을 수도 없는 몸으로 퇴원을 하면서 먼 여행을 생각하다니. 이것도 '내일은 언제나 희망의 얼굴로 온다'고 믿어온 제 꿈의 한 자락인가 묻게 됩니다.

그동안 만나지 못해 말씀을 못 드린 이야기가 하나 있습니다. 지난해 미켈란젤로를 찾아 피렌체는 다녀왔습니다. 베키오 다리가 손에 잡힐 듯 가까운 식당을 딸아이가 미리 예약을 하고 떠났기에, 그 첫 발걸음을 아르노강을 바라보며 가족과 함께 점심을 하는 것으로 시작했습니다.

저 아득한 그때, 고등학교 1학년 소년이 비 내리는 도서관에서 화집을 넘기다가 처음 보았던 조각을 산 로렌초 성당에서 만났습니다. 그곳 메디치가의 무덤에서 줄리아노의 '낮과 밤', 로렌초의 '여명과 황혼'을 오래오래 바라보며 머물렀습니다. 세상의 끝에 와 있는 것 같다, 그런 마음이었습니다. 내내 서 있는 제모습을 보기가 안쓰러웠던지 직원이 나오더니 의자까지 들고 와 앉으라며 마음을 써주었습니다. 그 직원이 만들어준 자리가 두어 계단 위 미사를 드리는 제단 앞이었으니, 그날 제가 만난 세상의 끝은 황홀하기까지 했습니다.

그러나 미켈란젤로가 자신의 무덤을 장식하기 위해 만들기 시작했다는 반디니의 피에타는 끝내 만나지 못했습니다. 피에타가 있는 두오모 오페라 박물관은 내부 수리 중이었고, 커다란 피에타 사진이 찍힌 천으로 건물을 둘러싸고 입구부터 통행을 막았습니다. 그 머나먼 길을 거기까지 찾아갔지만 만나지 못한 피에타, 아직 때가 안 되었는가 보다. 더 기다려야 하는가 보다. 그렇게 쓸쓸히 돌아서는 발길에 철없이, 참 철딱서니도 없이 눈물이 고이더군요. 그리고 찾아간 미켈란젤로의 무덤, 그 앞에서 무슨 일이 있었는지를 글로 쓰기에는 아직도 서러움이 남아서, 제

가슴속에만 좀 더 묻어두렵니다.

　이제 호주의 사막에 가서 하룻밤을 지내고 찾아갈 곳이 화가 폴 고갱의 무덤이 있는 히바오아섬입니다. 그곳 갈보리 묘지로 가서 고갱의 묘석에 포도주 한 병을 부으며 묻고 싶습니다. '그대여, 시대에 휩쓸리며 살아가야 하는 인간의 슬픔이 여기에는 없던가요. 이곳에서의 고요함 그 자유 속에서 황홀한 예술혼에 불타며 살다가 죽을 수 있으리라는 꿈을 그대는 이루었던가요.'

　아, 무엇이 기다리고 있는 걸까요. 그 무엇을 가슴 두근거리며 바라볼 시간이 나에게 남아 있기는 한 것인가, 문득문득 묻고 있는 오늘입니다. 일흔이 되도록 살아온 지혜 같은 것은 어디에도 남아 있지 않다는 이것, 이것이 살아서 꿈틀거리며 '호주의 사막에 가서 하룻밤을 자고 싶다'는 생각을 부추기고 있으니…… 저는 아직 살아 있는 것이겠지요.

　레티치아 수녀님.

　퇴원을 하고 집으로 돌아온 후 오늘 처음으로 집 앞을 삼십여 분 걸었다는, 서글프도록 기쁜 소식을 전합니다.

　'저는 아직 살아 있다고.'

　걸으면서 휴대전화에 담아놓은 '주여, 우리를 불쌍히 여기소서'를 들었습니다.

주여 저를 불쌍히 여기소서.

저의 눈물을 보아 불쌍히 여기소서.

Oh SuFan, God of Valley, 1991, Oil on canvas, 182x227cm

Oh SuFan, Variation, 2008, Oil on canvas,   259.1x193.9cm